W0388342

UNE INTRODUCTION AUX Auras

CASSANDRA EASON

LES PETITS LIVRES D'ÉSOTÉRISME

UNE INTRODUCTION AUX Auras

...LIBÉREZ LE POUVOIR QUI EST EN VOUS...

MARABOUT

Traduit de l'anglais par Anne-Claire Levaux

Illustrations pages 4, 33, 51, Britt Sabo
Crédits photos : © Shutterstock.com : DeoSum (corps) ; satit_srihin (limites) ; solarus (fond)

Publié pour la première fois en 2018 par Sterling Publishing CO., INC., USA,
sous le titre *A little bit of Auras.*

Cette édition a été publiée avec l'accord de Sterling Publishing Co., Inc.,
1166 Avenue of the Americas, New York, NY, USA, 10036. Tous droits réservés.

© 2018, Cassandra Eason pour la version originale du texte.
Pour la présente édition, © Hachette Livre (Marabout), 2021.

Tous droits réservés. Toute reproduction ou utilisation de l'ouvrage sous quelque forme et par quelque moyen électronique, photocopie, enregistrement ou autre est strictement interdite sans l'autorisation écrite de l'éditeur.

SOMMAIRE

INTRODUCTION vii

1 LES COULEURS DE L'AURA 1

2 AUTRES COULEURS D'AURAS 15

3 DÉCOUVRIR L'AURA DE L'HUMEUR 27

4 COMPRENDRE L'AURA DE LA PERSONNALITÉ 39

5 PURIFIER, GUÉRIR ET ÉNERGISER LES AURAS 49

6 RENFORCER L'AURA ET LA GARDER EN BONNE SANTÉ 61

7 LES AURAS À LA MAISON ET AU TRAVAIL 73

8 LES AURAS DES ANIMAUX 85

9 SCELLER ET PROTÉGER L'AURA AU QUOTIDIEN 97

À PROPOS DE L'AUTEUR 106

INDEX 107

INTRODUCTION

Visualisez la lumière qui émane d'un couple fou amoureux ou d'un enfant émerveillé par l'atelier du père Noël. Des guirlandes lumineuses font scintiller l'atelier de mille feux. Des portraits de saints, la tête entourée d'une sphère dorée, comme sur les peintures traditionnelles, décorent la pièce. Nous utilisons communément des expressions telles que « je vois rouge » lorsque nous sommes en colère, ou « elle était verte de jalousie ». Ces couleurs sont celles qui irradient dans ces moments et que l'on remarque de manière intuitive, sans même les voir physiquement. Ces auras font partie de notre perception naturelle du monde. Dans les sociétés primitives, les chasseurs réfugiés dans leurs cavernes perchées dans la montagne pouvaient déterminer si les membres d'une autre tribu qui approchaient avaient de bonnes intentions rien que par les énergies qu'ils dégageaient.

Nous possédons tous une aura, un champ énergétique coloré, souvent invisible à l'œil nu, mais qui peut être perçu assez facilement d'un point de vue psychique. Notre aura entoure notre corps d'une ellipse tridimensionnelle composée de sept bandes de couleurs différentes. Cette aura révèle notre humeur, notre personnalité et notre état de santé. Elle peut guider nos interactions avec les autres. Nos actes peuvent alors sembler manquer de logique, mais invariablement, ils seront pourtant étonnamment justes.

Lorsqu'elle est au maximum de sa puissance et de sa radiation, l'aura peut avoir l'envergure d'un bras tendu autour du corps. La taille et la densité de ce champ bioénergétique spirituel varient en fonction de différentes conditions. On raconte que l'aura de Gautama Bouddha, le chef spirituel dont les enseignements ont donné naissance au bouddhisme, s'étendait sur plusieurs kilomètres et influait sur les personnes qui se trouvaient dans cette zone.

Grâce à ce livre, vous apprendrez différentes techniques pour sentir, voir et interpréter votre propre aura, celles des autres, qu'ils se trouvent seuls ou en groupe, ainsi que celle de vos animaux de compagnie. Vous découvrirez également comment purifier, guérir, renforcer et protéger l'aura et comment l'utiliser pour créer une bonne impression ou repousser la méchanceté.

COMPRENDRE L'AURA

Les auras entourent les gens, les animaux, les plantes, les cristaux et même les lieux. Avec un peu de pratique, il devient facile de les sentir ou de les voir avec clairvoyance, en utilisant nos capacités psychiques innées. Grâce à la *clairconnaissance*, ou sixième sens psychique, nous connaissons intuitivement les couleurs de l'aura d'un individu. Avec la *psychoscopie*, ou toucher psychique, nous pouvons sentir du bout des doigts l'état de santé et les couleurs d'une aura. Et avec la *clairvoyance*, nous voyons l'aura avec les yeux de l'esprit. Certains apprennent à la distinguer physiquement.

Les couches d'énergie spirituelle qui constituent l'aura deviennent progressivement moins denses et plus éthérées à mesure qu'elles s'éloignent du corps physique. Les couches les plus éloignées (bleue, indigo et violet) sont les plus élevées sur le plan spirituel. Sur les bords de l'aura, notre énergie se fond avec le cosmos en une lumière pure blanche et dorée. Parfois, une ou plusieurs couches prédominent et semblent recouvrir toute l'aura. Certaines auras peuvent sembler pâles ou absentes, selon notre état de santé et les évènement de notre vie. Bien que notre aura possède sept couches, de nombreuses personnes n'exploitent que ses quatre couches les plus intérieures.

Plus nous travaillons avec notre aura, plus nous apprenons à nous connecter à nos énergies spirituelles, à nos anges gardiens et à nos guides spirituels.

SOURCES DES ÉNERGIES DES AURAS

L'énergie de l'aura est transmise au corps et par le corps à travers sept centres d'énergie principaux invisibles, appelés chakras, et par de nombreux autres centres et canaux énergétiques plus petits.

Ces centres d'énergie font partie du corps spirituel ou éthérique, composé de lumière, la partie de nous qui survit après notre mort. Les énergies pures, blanches, de notre moi spirituel se diffusent ou se divisent en sept bandes aux couleurs de l'arc-en-ciel, qui irradient au-delà et autour du corps et sont plus facilement visibles au niveau de la tête et des épaules. En pratique, les auras autour de la tête et du cou sont les plus aisées à purifier, à soigner et à protéger du stress ou de la méchanceté. Les effets d'une intervention positive peuvent être ressentis à travers l'aura entière, ainsi que dans le corps et l'esprit.

Chaque chakra est nourri par une couche de l'aura de couleur correspondante, qu'il nourrit à son tour, comme expliqué dans le chapitre 5 (page 49). Votre aura est dynamisée par les champs énergétiques individuels des autres et de vos animaux, par le biais de l'amour, de la loyauté, de l'acceptation et de l'approbation.

Nos champs énergétiques sont, à l'inverse, vidés de leur énergie par le bruit, la pollution, les ondes émises par les ordinateurs, les téléviseurs, les téléphones portables et autres appareils électriques, par les toxines et par les comportements négatifs ou dominateurs des autres, notamment les critiques injustifiées, la froideur, la méchanceté et la possessivité. Il est aussi vital de protéger son aura la nuit, lorsque l'on dort, que de fermer la porte de chez soi à clé, car il peut arriver que la négativité, libre ou dirigée, nuise à votre aura durant votre sommeil, moment où elle est la plus vulnérable.

LE CHAMP ÉNERGÉTIQUE UNIVERSEL

Le champ énergétique universel, perçu comme une lumière blanche et pure (la synthèse des couleurs de l'arc-en-ciel), circule en chaque aura individuelle dont il reçoit lui-même les impressions et les sentiments. Cet échange est constant. C'est la force vitale pure, appelée *qi* dans la tradition japonaise, *chi* par les Chinois, *prana* dans la spiritualité hindoue, *mana* à Hawaï et *ruach* en hébreu.

La force vitale parvient à votre aura à travers une alimentation naturelle : de l'eau, des jus de fruits frais ainsi que tous les autres aliments non transformés, tels que la viande, les fruits, les céréales et les légumes.

Le champ énergétique universel est constitué des énergies collectives des êtres humains, des lieux, des animaux et des sources de force vitale telles que les cristaux, les fleurs, le Soleil, la Lune, les influences astrales et les saisons… Il change constamment. La sagesse des anges et des guides spirituels pénètre en nous par notre champ énergétique personnel, qui renferme aussi les expériences universelles et la sagesse des êtres humains, en tous lieux et de tout temps. Notre aura personnelle englobe les expériences de nos vies passées et la sagesse que nous avons acquise de nos ancêtres, récents ou anciens.

De plus, des champs énergétiques collectifs s'accumulent au-dessus des bâtiments, qu'il s'agisse de logements ou de bureaux, d'abbayes ou de sites historiques tels que des champs de bataille, et restent associés à ces lieux.

Ils sont composés des énergies libérées par les individus qui y ont vécu, travaillé ou y sont morts, à différentes époques. Ceci explique que l'on puisse ressentir une atmosphère paisible dans un monastère ancien, où différentes générations se sont succédé dans le calme et la contemplation, menant des existences semblables pendant plusieurs siècles. À l'inverse, le ressenti sur un champ de bataille reste sombre, même des siècles plus tard, en raison de la souffrance et de la brutalité dont le lieu a été témoin, cette impression étant d'autant plus forte aux dates anniversaires de ces tragédies.

INTERPRÉTER L'AURA

Les jeunes enfants, naturellement clairvoyants alors qu'ils n'ont jamais entendu parler d'auras ni étudié ce concept, voient et dessinent souvent des couleurs autour de leurs personnages. Il leur arrive de dire « oh, cette femme est verte » ou « c'est un chat rose », car ils captent les sentiments principaux ou le caractère des êtres. En grandissant, les enfants apprennent que les chats sont noirs, blancs ou marrons mais jamais roses et leur vision physique, de ce qui est tangible, prend le dessus. Mais la capacité à détecter et à interpréter les auras ne disparaît jamais.

SENTIR L'AURA

Au quotidien, nous prenons souvent conscience des auras lorsque nous percevons celles des autres, ce que nous faisons tous inconsciemment. Quand une personne que vous ne connaissez ou n'appréciez pas s'approche trop de vous, même sans entrer en contact physique avec vous, vous vous sentez mal à l'aise, car elle s'immisce dans votre aura ou votre *espace personnel*. À l'inverse, quand un enfant ou votre partenaire se blottit contre vous, il n'y a pas de barrière entre vous et l'autre, les limites du champ énergétique s'assouplissent pour se fondre temporairement.

RESSENTIR SON ARC-EN-CIEL

Si la couleur des auras n'est pas perceptible par l'œil, l'humeur ou la personnalité de quelqu'un peuvent se traduire par une ou plusieurs couleurs et être ressenties par une sensation. Certaines personnes gravement déficientes visuellement, surtout si elles avaient une excellente vue auparavant, sont capables de distinguer les couleurs par le toucher. Les daltoniens apprennent aussi rapidement à percevoir les différentes énergies et forces de l'aura par le toucher, et peuvent notamment sentir la puissance du rouge, distinguer ses différentes teintes, et dire par exemple s'il s'agit du rouge de la passion ou de la fureur. Les nœuds et blocages peuvent être perçus de la même manière.

Le rouge est ressenti comme chaud et fort, l'orange comme chaleureux et confiant, le jaune comme favorisant la concentration et les idées, le vert comme doux et fluide, le bleu comme frais, calme et en mouvement, l'indigo comme paisible et réconfortant, et le violet est souvent signe de clairvoyance spirituelle et indique la présence soudaine d'un ange ou d'un guide spirituel.

Entraînez-vous avec l'exercice ci-dessous et vous serez capable d'identifier les couleurs de votre propre aura et de celle des autres en plaçant votre main au-dessus de leur tête et de leurs épaules et en la déplaçant progressivement à travers les différentes couches de leur aura.

Expérience de la psychoscopie ou toucher psychique

Placez sept rubans de couleur différente (rouge, orange, jaune, vert, bleu, indigo et violet) dans une boîte. Mélangez-les. Fermez les yeux et sortez-les un par un. Prenez une minute ou deux pour les manipuler et décrire à voix haute, en vous enregistrant, ce que chaque couleur vous fait ressentir. Attribuez à chaque ruban un numéro avant de commencer à le décrire.

Posez les rubans dans l'ordre où vous les sortez, ou demandez à un(e ami(e) de le faire, puis vérifiez vos sensations et réécoutez vos mots.

Exercez-vous aussi avec des cristaux, des fleurs, des bougies éteintes et des aliments de couleurs variées. Vous trouverez certainement qu'il est plus facile de reconnaître les couleurs des matières organiques.

Clairconnaissance ou détection psychique

Pour l'exercice suivant, mélangez les rubans, les yeux fermés, et placez-les sur une table, toujours les yeux fermés, en les espaçant bien pour que leurs énergies ne se mélangent pas. N'hésitez pas à demander de l'aide à un(e) ami(e). Se former aux auras en compagnie d'une autre personne intéressée par le sujet peut être très bénéfique.

Fermez les yeux et placez vos mains quelques centimètres au-dessus de chaque ruban. Attribuez-leur à nouveau un numéro et enregistrez ce que vous dites.

Lorsque vous êtes à l'aise avec ces deux techniques, ajoutez d'autres couleurs pouvant apparaître dans les auras : le marron, associé à l'ancrage et à la stabilité, le rose, associé à l'amour et au réconfort, ou le gris, évoquant l'équilibre et l'intimité.

VINGT MANIÈRES D'ENRICHIR INSTANTANÉMENT VOTRE AURA

1. Mangez des fruits et des légumes colorés, crus ou très légèrement cuits, pour rendre votre aura encore plus rayonnante. Les fruits rouges et les poivrons crus la boostent instantanément.

2. Exposez-vous à la lumière naturelle quelques minutes dès que possible, surtout si vous travaillez dans un lieu éclairé à la lumière artificielle, qui pompe l'énergie de l'aura.

3. Placez près de vous dans une coupe des cristaux couleur arc-en-ciel. Au réveil, saisissez un cristal entre vos mains, sans ouvrir les yeux. Les centres d'énergie situés dans les paumes de mains et le bout des doigts nous guideront intuitivement vers les cristaux les plus utiles, dont la couleur sera celle dont votre aura a le plus besoin.

4. Si vous ressentez de l'hostilité autour de vous, joignez vos paumes de mains, séparez-les pour qu'elles se frôlent puis écartez-les lentement de quelques centimètres pour que l'énergie s'accumule entre elles. Lorsque vous sentez qu'elles deviennent lourdes, séparez-les d'un coup sec (cela peut être difficile) et secouez vos doigts au-dessus de votre tête et de vos épaules en partant de la naissance des cheveux. Cela crée des impulsions psychiques autour de votre aura qui repousseront la malveillance et l'hostilité.

5. Placez un pot de fleurs parfumées dans votre maison ou votre bureau pour propager la santé et l'insuffler dans votre aura.

6. Les jours sombres et froids, portez au moins un vêtement de couleur vive pour stimuler votre aura et contrer les énergies qui sapent le moral.

7. Préparez des boissons avec de l'eau dans laquelle vous avez laissé tremper une agate bleue, du jade ou de l'améthyste durant deux ou trois heures au minimum, et offrez-les aux personnes critiques ou hyperactives. Cela contribuera mettre leur aura en harmonie avec la vôtre. Si vous n'avez pas la possibilité de leur proposer ces boissons, boire cette eau vous-même protégera votre aura contre eux.

8. Buvez beaucoup d'eau chaque jour. Le café, le thé, les boissons gazeuses et celles contenant des additifs peuvent assécher le champ énergétique de l'aura et l'irriter.

9. Les sports doux tels que la danse, la natation, la marche ou le vélo contribuent à faire circuler les énergies de votre aura plus efficacement que des activités plus dynamiques, qui épuisent les réserves en envoyant les énergies dans toutes les directions.

10. Évitez au maximum tout contact avec les matières synthétiques et portez de préférence des matières naturelles en contact direct avec la peau pour ne pas étouffer votre aura.

11. Si vous travaillez avec des équipements de pointe ou utilisez beaucoup votre téléphone portable ou votre ordinateur chez vous, placez une malachite verte ou du quartz fumé entre vous et l'équipement en question. Vous pouvez aussi accrocher un petit cristal à votre téléphone portable afin d'éviter qu'il n'aspire toute l'énergie de votre aura.

12. Les animaux sont très forts pour transférer les énergies d'amour et d'acceptation de leur aura vers la nôtre. Lorsque vous caressez votre animal de compagnie, visualisez ses énergies douces marron, rose et verte qui se superposent aux vôtres comme une couverture protectrice.

13. Envoyez le pouvoir de l'aura à une personne qui en a besoin, par exemple votre enfant ou votre partenaire, même en son absence. Prenez sa photo dans votre main et imaginez qu'une lumière rose douce l'enveloppe, en respirant lentement. Cette pratique est idéale si la personne aimée est loin.

14. Faites pousser des herbes aromatiques dans votre cuisine pour y répandre un sentiment d'abondance et attirer le positif dans l'aura ou le champ énergétique de votre foyer.

15. Placez un carillon à vent, des clochettes, des plantes à feuillage léger et souple et des miroirs à différents endroits de votre foyer pour que son aura soit gaie et que les énergies de bonne santé circulent.

16. Les bijoux en or emplissent l'aura de confiance et de concentration, ce qui est idéal lorsque vous avez besoin d'impressionner les autres ou d'asseoir votre autorité.

17. Les bijoux en argent favorisent l'harmonie, la paix et la réconciliation lors des échanges avec les autres.

18. Les bijoux en cuivre remplissent l'aura d'amour et attirent et renforcent l'amour dans votre vie.

19. Si vous vous sentez épuisé(e) ou déprimé(e), passez doucement un pendule ou un morceau de cristal de roche pointu dans vos cheveux en formant des cercles dans le sens des aiguilles d'une montre, puis le long de vos sourcils, toujours en faisant des cercles, en effleurant à peine la peau, et enfin au niveau de votre gorge et de vos poignets, les centres d'énergie du cœur. Cela vous redonnera rapidement de la force et de l'enthousiasme.

20. Lorsque vous avez besoin de dormir ou de vous reposer, passez doucement un pendule ou un morceau pointu d'améthyste dans le sens inverse des aiguilles d'une montre, aux mêmes endroits, pour immobiliser votre aura. Cela vous aidera à vous reposer et à vous ressourcer.

Dans les deux premiers chapitres, nous apprendrons la signification des différentes couleurs des auras, afin de pouvoir les interpréter, mais aussi de les soigner et de les purifier. Ce processus permet aussi d'harmoniser l'aura d'un groupe de personnes qui travaillent ou passent un moment ensemble.

1

LES COULEURS DE L'AURA

Les chapitres 1 et 2 présentent toutes les informations nécessaires pour apprendre à interpréter la couleur des auras et renseignent sur les cristaux, les parfums et les archanges qui leur sont associés. Vous découvrirez ainsi comment vous en servir pour purifier, renforcer et soigner les couches d'auras individuelles ou l'aura dans son ensemble. Chaque couleur a des connotations positives et négatives, en fonction de sa teinte et de son éclat.

Si vous souhaitez commencer à interpréter les auras sans attendre, rendez-vous directement au chapitre 3 (page 27) et au chapitre 4 (page 39) pour découvrir les différentes techniques d'interprétation. Vous pourrez revenir consulter le présent chapitre ou le chapitre 2 (page 15) à mesure de votre avancement pour connaître la signification des couleurs que vous percevez ou que vous voyez.

Une fois vos connaissances mises en pratique, vous remarquerez rapidement une ou deux couleurs prédominantes autour des gens. Vous prendrez aussi spontanément conscience de leur humeur rien qu'en les apercevant au loin, grâce aux couleurs que vous verrez ou percevrez autour d'eux, en particulier au niveau de leur tête et de leurs épaules.

De même, lors d'une première rencontre, vous vous rendrez compte que vous êtes capable de résumer le caractère d'un individu grâce aux couleurs qui irradient de lui/elle. Une première impression qui se confirmera à coup sûr. Cela vous sera utile dans tous types de situations, qu'il s'agisse de rencontrer un nouveau membre de votre famille ou de vous rendre à un entretien d'embauche. Les enfants perçoivent naturellement les auras. Il suffit donc d'être détendu et de laisser cette compétence resurgir.

Dans la queue au supermarché, pendant un concert, dans un embouteillage, au café, lorsqu'un visiteur vient sur votre lieu de travail, demandez-vous si la personne est bleue, rouge, verte ou jaune. En rentrant chez vous, vérifiez dans ce livre si son comportement ou ses paroles correspondent à cette couleur.

LES ENFANTS ET LES COULEURS DES AURAS

La plupart des adultes arborent une aura de deux ou trois couleurs constantes, qui indiquent leurs traits de caractère principaux, et une couleur globale plus variable, qui change en fonction de leur humeur. Les bébés naissent avec une aura blanche ou dorée. Certaines sages-femmes racontent avoir vu une lumière dorée lors de la naissance d'un enfant. Si la naissance a été traumatisante, l'aura pourra être temporairement d'un blanc laiteux.

Vers l'âge d'un an, lorsque l'enfant commence à s'intégrer au monde qui l'entoure, son aura est de couleur violette/indigo, ce qui lui confère des capacités de voyance, qui disparaîtront progressivement dans les années qui suivent. Le nouveau-né peut aussi afficher une aura rouge, couleur de la racine, qui découle de sa dépendance totale vis-à-vis des adultes.

À deux ans environ, l'enfant découvre ses besoins et ses désirs, liés à la couche orange, puis il commence à apprendre la logique, associée au jaune, et les relations d'amour réciproque, reliées au vert, lorsqu'il est en âge d'entrer à l'école. L'accès aux chakras supérieurs disparaît souvent vers l'âge de sept ans, mais certains enfants conservent cette capacité, de même que leur clairvoyance naturelle.

Certains enfants particulièrement sensibles conservent une aura à prédominance indigo. Ils ont souvent du mal à se faire au monde du quotidien, car ils n'apprécient pas le bruit et la malhonnêteté des gens qui prétendent être ce qu'ils ne sont pas. Ces enfants peuvent présenter des difficultés scolaires, une hyperactivité et des troubles de la communication, comme le syndrome d'Asperger, car ils sont en décalage avec le monde et il peut arriver que des camarades moins sensibles les taquinent ou les malmènent.

D'autres encore naissent avec une aura qui arbore des bandes égales aux couleurs de l'arc-en-ciel. C'est comme s'ils étaient destinés à apporter de la paix dans le monde. Ces bébés sont incroyablement éveillés, capables de voir les esprits et les anges et d'interagir avec les animaux. Ils sont souvent très sages et possèdent des connaissances héritées des mondes antérieurs.

LES SEPT COULEURS PRINCIPALES DE L'AURA

Le rouge, l'orange, le jaune et le vert correspondent aux couches internes de l'aura, associées à la vie quotidienne et aux relations, tandis que le bleu, l'indigo et le violet reflètent les niveaux supérieurs et spirituels. Les couleurs passent du rouge, le plus proche du corps et le mieux défini, au violet de la couche externe, la plus diffuse, qui se fond avec le blanc et le doré du cosmos. J'ai inclus le blanc dans ce chapitre, car il est souvent considéré comme faisant partie de la septième couche. Je présenterai dans le chapitre suivant d'autres couleurs subsidiaires plus cosmiques, qui peuvent apparaître entre les couches.

Rouge

Rouge de l'action, de la survie, du changement, du pouvoir, de l'énergie physique, du courage, de la détermination et de la passion ; c'est la couleur de celles et ceux qui partent en croisade.

Le rouge est la couleur de la couche interne de l'aura.

QUALITÉS : s'il est rouge clair vif, rouge écarlate ou rouge rubis, il est signe d'une vie animée, d'une capacité à surmonter les obstacles, d'un désir d'initier des changements positifs et d'un amour passionnel.

DÉFAUTS : un rouge métallisé vif indique un caractère explosif, une tendance à malmener les autres ou à éclater en cas de frustration, une impulsivité ou une tendance à prendre des risques. Un rouge terne ou dur est signe d'une fureur réprimée, d'une nature irritable et d'une rancœur contre des injustices ressenties, qui grandit vite. Une aura avec des éclairs rouge écarlate suggère une nature séductrice et, parfois, une passion inappropriée.

ARCHANGE : Camaël, archange de Mars, monté sur le dos de son léopard, en route vers la victoire.

PARFUMS : cannelle, cyprès, sang-dragon, gingembre et menthe.

PIERRES ET CRISTAUX FORTIFIANTS : agate rouge, opale de feu, héliotrope, grenat, jaspe, météorite, obsidienne, aventurine rouge, œil-de-tigre rouge et rubis.

CHAKRA : racine ou de la base.

Orange

Orange de la confiance, de l'indépendance, d'un sentiment d'identité fort, de la fertilité, de l'estime de soi, de la santé, du bonheur et des désirs personnels ; c'est la couleur de celles et ceux qui font la synthèse.

L'orange est la deuxième couche de l'aura en partant du corps.

QUALITÉS : un orange riche et chaud est signe d'une capacité à intégrer différents aspects de la vie, de sociabilité, de motivation personnelle, d'originalité, de capacités créatives, d'ouverture d'esprit, d'enthousiasme et d'optimisme. L'orange vif est une couleur idéale pour une personne qui a un désir d'enfants.

DÉFAUTS : un orange pâle peut indiquer un manque ou une perte d'identité ou une mauvaise estime de soi. C'est le signe que la personne fonde son sentiment de valeur et d'identité uniquement sur ce que pensent les autres ou qu'elle est victime de harcèlement. Un orange sombre peut indiquer un ego hypersensible et une tendance à marquer son territoire. Un orange très dur représente l'excès et l'obsession, en particulier en ce qui concerne la nourriture et l'image de soi.

ARCHANGE : Gabriel, archange de la Lune.

PARFUMS : eucalyptus, jasmin, citron et myrrhe.

PIERRES ET CRISTAUX FORTIFIANTS : argent, pierre de lune, nacre, perle, opale et sélénite.

CHAKRA : sacré.

Jaune

Jaune de la logique et de la réussite intellectuelle, des capacités de spéculation, de la polyvalence et de l'adresse d'esprit, de la variabilité et de l'agitation. C'est la couleur de celles et ceux qui communiquent et des voyageurs.

Le jaune est la troisième couche de l'aura à partir de l'intérieur, l'une des couches associées au quotidien.

QUALITÉS : le jaune citron clair révèle un esprit concentré et une bonne mémoire, un bon sens des finances et des affaires, notamment dans la spéculation, et une expertise technologique. Le jaune vif est la couleur de la joie et de la communication efficace tandis que le jaune canari peut indiquer des compétences de comédien ou d'animateur. Un jaune-marron clair annonce un esprit scientifique ou mathématique.

DÉFAUTS : des bandes irrégulières de jaune criard indiquent une hyperactivité, alors que le jaune moutarde peut être signe de jalousie et de ressentiment cachés. Une brume jaune métallique enveloppe des intentions malhonnêtes et un penchant pour les jeux d'argent. Un jaune vif et dur peut être signe de logique, mais aussi d'un esprit sarcastique. Le jaune moutarde peut aussi annoncer de la malveillance ou une tendance pour le commérage. Un jaune très froid peut suggérer que la tête l'emporte toujours sur le cœur.

ARCHANGE : Raphaël, archange de la Guérison et du Voyage et entrepreneur.

PARFUMS : lavande, muguet, mélisse, citronnelle et fenouil.

PIERRES ET CRISTAUX FORTIFIANTS : calcite (jaune et miel), chrysobéryl, chrysoprase citron, citrine, jaspe, quartz rutilé et topaze jaune.

CHAKRA : plexus solaire.

Vert

Vert de l'amour, de la fidélité, de la confiance, de l'harmonie, de la croissance naturelle sous toutes ses formes et des préoccupations environnementales ; c'est la couleur des enfants de la Nature.

Le vert est la quatrième couche de l'aura en partant de l'intérieur, et la dernière couche associée au quotidien. Il reflète l'amour de l'humanité dans sa partie externe.

QUALITÉS : un vert clair et intense révèle un cœur digne de confiance et aimant, une personne généreuse de son temps, de son amour et de son argent, qui parle en suivant son cœur. Une aura verte est le signe d'une personne qui s'engage profondément en amour. Le vert émeraude suggère que la personne est naturellement chanceuse et a un don pour soigner, surtout par les médecines alternatives.

DÉFAUTS : le vert pâle est signe de dépendance émotionnelle. Un vert terne et morne peut révéler des émotions conflictuelles ou une personnalité « vampirique », qui pompe l'énergie des autres. Un vert tirant vers le jaune peut être signe de possessivité et de chantage émotionnel. Le vert citron suggère un stress dans les relations actuelles. Une aura vert foncé ou opaque peut être signe d'un amour déraisonnable et excessif, ou indiquer que la personne se morfond dans amour non réciproque.

ARCHANGE : Anaël, l'archange de l'Amour Durable, de la Fidélité et de la Croissance Naturelle dans tous les domaines.

PARFUMS : fleurs de pommier, verveine citron, magnolia et vanille.

PIERRES ET CRISTAUX FORTIFIANTS : amazonite, aventurine, chrysoprase, émeraude, fluorite, jade, malachite, agate mousse, péridot et tourmaline.

CHAKRA : cœur.

Bleu

Bleu des idéaux, de la vision d'ensemble, de la perspective et des horizons physiques, de l'autorité naturelle et des pouvoirs de guérison transmis par des sources supérieures ; c'est la couleur de celles et ceux qui recherchent la vérité.

Le bleu est la première couche des auras supérieures et extérieures et la cinquième couche de l'aura en partant de l'intérieur.

QUALITÉS : le bleu roi indique une personnalité intégrée, avec une conscience aiguë de la justice et des compétences naturelles de décideur. Le bleu vif est très créatif et altruiste. Le bleu pâle est la couleur des idéalistes qui ont une vision globale. Le bleu clair représente l'objectivité, et révèle souvent des talents d'orateur et d'enseignant. On distingue souvent que le bleu se diffuse sur les autres couleurs de l'aura des guérisseurs spirituels, des auteurs et des musiciens, des acteurs et d'autres artistes.

DÉFAUTS : un bleu terne et opaque peut représenter un grand conservatisme et une préoccupation pour le respect strict des règles, quelles que soient les circonstances. Le bleu dur est le signe d'une personne autocrate, qui a des avis tranchés et peu tolérante des modes de vie et des croyances des autres.

ARCHANGE : Sachiel, archange des Récoltes, de la Vérité, de la Justice, de la Prospérité, de toute forme d'expansion et de l'apprentissage traditionnel.

PARFUMS : fenouil, chèvrefeuille, lotus, sauge et armoise tridentée, bois de santal.

PIERRES ET CRISTAUX FORTIFIANTS : aqua aura, angélite, calcédoine bleue, agate bleue, quartz bleu, célestine, quartz cobalt aura, cyanite, iolite, lapis-lazuli, saphir, topaze et turquoise.

CHAKRA : gorge.

Indigo

Indigo de la vision intérieure et de la conscience psychique, de la spiritualité et de la connaissance du futur et des vies ou des mondes passés. C'est la couleur de celles et ceux qui voient, des sages et des âmes en évolution.

L'indigo est la seconde couche de l'aura supérieure et la sixième couche à partir du corps. Elle fusionne souvent avec la couche externe, violette.

QUALITÉS : l'indigo clair indique une sensibilité accrue aux intentions cachées des autres et une conscience du monde spirituel, une intuition renforcée, une clairvoyance (vision psychique par l'œil interne) et une clairaudience (audition psychique) ainsi d'une empathie pour toutes les personnes dans le besoin. Les teintes claires sont signe d'une imagination foisonnante. L'indigo profond se distingue dans l'aura des personnes âgées, sages. La teinte lavande, proche de l'indigo, révèle une sensibilité aux pouvoirs supérieurs de la nature et les personnes présentant des traces de lavande dans leur aura ont souvent conscience des dévas et des dons pour l'herboristerie.

DÉFAUTS : un indigo est trouble indique que la personne passe trop de temps à rêvasser ou à se faire des illusions, à s'apitoyer sur elle-même ou qu'elle a tendance à stresser, et notamment à absorber les humeurs négatives des autres. Un indigo foncé est signe d'isolement et de désillusion face au monde. Un indigo qui se diffuse autour de lui est révélateur d'une personne souffrant du syndrome d'Asperger ou d'autres maladies associées à une hypersensibilité, surtout chez les plus jeunes.

ARCHANGE : Cassiel, archange de la Consolation et de la Compassion pour toutes les peines du monde, qui transforme le chagrin en joie et aide à accepter ce qui ne peut pas être changé.

PARFUMS : mimosa, myrrhe, armoise, patchouli et violette.

PIERRES ET CRISTAUX FORTIFIANTS : améthyste, amétrine, fluorite, kunzite, sodalite, cacoxénite et tanzanite.

CHAKRA : troisième œil ou sourcils.

Violet

Violet des médiums et de la connexion à d'autres dimensions et aux ancêtres, anges et guides spirituels; c'est la couleur des mystiques, des visionnaires et de la synthèse de tous les aspects du moi et du monde spirituel.

Le violet est le niveau supérieur de l'aura, qui fusionne avec le blanc et le doré, car il est relié aux énergies cosmiques pures. Le blanc, en particulier, appartient souvent à cette couche d'aura.

QUALITÉS : connexion à la sagesse de l'inconscient et connaissance collective de l'humanité à toutes les époques et en tous les lieux. La capacité à penser de manière originale et globale et à se concentrer sur les objectifs à long terme plutôt que sur les bénéfices immédiats, un amour et une tolérance pour l'humanité et toutes ses faiblesses. C'est la couleur du pacificateur à l'éthique sans failles, de la capacité à soigner grâce aux sources supérieures d'énergie, telles que les anges et les guides spirituels, et de la capacité à gagner en notoriété, surtout dans les domaines de l'art et du spectacle, mais d'une manière significative, pas uniquement pour l'argent.

DÉFAUTS : un violet est trop pâle peut indiquer une absence de volonté, de motivation et de ténacité et que les grands projets se réalisent rarement. Un violet vif est signe de perfectionnisme et/ou d'idées irréalistes, c'est-à-dire de l'incapacité à accepter le quotidien et les autres et leurs défauts. Un violet terne peut révéler une dépression.

ARCHANGE : Zadkiel, ange de la Vérité et de la Justice, d'une Guérison supérieure et de l'Abondance, des Arts du spectacle et de toutes les thérapies alternatives et initiatives charitables importantes.

PARFUMS : bergamote, magnolia, lis, orchidées et herbe aux bisons.

PIERRES ET CRISTAUX FORTIFIANTS : charoïte, lépidolite, purpurite, spinelle violet, sugilite, titane arc-en-ciel et violane.

CHAKRA : couronne.

Blanc : couleur prédominante de l'aura supérieure

Blanc couleur du potentiel illimité, de l'énergie sans limites, de la force de vie libre ; c'est la couleur de l'esprit qui s'envole, de celles et ceux qui mènent une quête et innovent.

Le blanc apparait souvent dans la septième couche (la couche externe) de l'aura des personnes très intelligentes, notamment lorsque l'indigo et le violet fusionnent pour former la sixième couche de l'aura, ou lorsque le blanc se superpose au violet. En effet, à partir de la sixième couche, les couleurs ont tendance à se mélanger.

QUALITÉS : une aura d'un blanc éclatant révèle une personne qui suit son chemin personnel et fait une différence dans le monde. Elle attire la lumière pure et vive du cosmos, qui peut être utilisée pour soigner. C'est une couleur particulièrement évoluée, qui indique un niveau de conscience supérieure, une pureté d'intention et la recherche de ce qui a de la valeur.

DÉFAUTS : un blanc clair et laiteux peut indiquer une personne déconnectée du monde et impliquée dans des plans spirituels spectaculaires, qui n'ont aucun fondement dans la réalité. Un blanc trouble masque des sentiments d'aliénation et une réticence à entrer en contact avec les autres. Un blanc trop brillant est signe d'un sentiment de supériorité et d'une obsession pour la perfection et la beauté physique, ainsi que d'une volonté de passer devant les autres, quelles que soient les conséquences, et d'un risque de burn-out.

ARCHANGES : Michaël, l'archange du Soleil, et Gabriel, l'archange de la Lune, pour la synthèse des mondes intérieur et extérieur. Ces deux archanges représentent la synthèse des énergies masculine et féminine. Michaël a un accent masculin et Gabriel un accent féminin.

PARFUMS : camomille, copal, encens oliban et tournesol.

PIERRES ET CRISTAUX FORTIFIANTS : aragonite, diamant, fluorine transparente, cristal de roche, diamant d'Herkimer, quartz opale, quartz arc-en-ciel, saphir blanc, topaze blanche et zircon.

CHAKRA : le chakra couronne, qui s'étend de la naissance des cheveux, sur le haut du front jusqu'à 2-3 cm au-dessus de la tête, où il fusionne avec le chakra étoile de l'âme qui renferme l'étincelle divine immuable de notre moi spirituel supérieur.

Dans le chapitre suivant, nous étudierons la signification des couleurs aux vibrations supérieures et des couleurs secondaires, souvent perçues dans les auras.

2

AUTRES COULEURS D'AURAS

Comme le blanc présenté dans le chapitre 1, le doré, le magenta, le turquoise et l'argenté sont des couleurs des auras supérieures, qui relient les sept couches d'aura aux dimensions supérieures et au cosmos. Ces teintes supérieures peuvent même se diffuser dans la totalité de l'aura des personnes particulièrement sages ou saintes. D'autres couleurs subsidiaires forment des variantes des sept couleurs principales et peuvent déborder sur la couche d'aura qui leur correspond lorsqu'elles sont particulièrement puissantes. Par exemple, le rose (dont nous parlerons plus tard dans ce chapitre) peut remplir la totalité de l'aura d'une jeune maman (femme ou animal) pendant les jours voire les semaines qui suivent la naissance.

Doré

Doré de la perfection, de la volonté d'atteindre des objectifs supérieurs, qui en valent la peine. La couleur du visionnaire, de celles et ceux qui deviennent célèbres pour avoir œuvré en faveur du bien de l'humanité ou étendu l'univers des possibles. C'est également la couleur des pionniers, des aventuriers et de ceux qui vivent leur vie dans le bien.

Les auras complètement dorées sont très rares, à part chez les saints ou les personnes qui œuvrent dans l'humanitaire. Le doré apparaît généralement sous forme de scintillements ou d'une fine bande brillante avec des étoiles sur le bord le plus extérieur de la couche externe de l'aura, se fondant dans le blanc et dans le cosmos.

QUALITÉS : les nouveau-nés sont souvent entourés d'une aura dorée, qui disparaît rapidement. Un enfant qui conserve du doré dans son aura, sera destiné à devenir une personne spéciale. Le doré est aussi la couleur de celles et ceux qui vont devenir riches ou renommés et qui utiliseront leur richesse et leur célébrité pour faire le bien des autres et auront un impact positif dans le monde. Une étoile dorée solitaire au-dessus de la tête indique des talents spéciaux qui pourront ouvrir les portes de l'avenir.

DÉFAUTS : un doré violent est signe d'une obsession pour le pouvoir et d'une volonté de s'enrichir, quel qu'en soit le prix. Un doré terni peut suggérer une tendance aux addictions, aux obsessions et aux compulsions.

ARCHANGE : Michaël, archange du Soleil, qui soutient les initiatives personnelles et individuelles et guide tous ceux qui ont une destinée unique.

PARFUMS : camomille, copal, encens oliban, souci, orange et tournesol.

PIERRES ET CRISTAUX FORTIFIANTS : or, boji, chalcopyrite, quartz transparent, diamant, pyrite de fer polie, œil de tigre, topaze dorée.

CHAKRA : ensemble du système chakrique.

AUTRES COULEURS SUPÉRIEURES DE L'AURA

Magenta

Magenta de la spiritualité qui s'exprime dans le quotidien, du point de vue original et du dévouement aux autres ; c'est la couleur de celle etc eux qui enseignent la vérité et apaisent les douleurs et souffrances des autres.

Le magenta peut se présenter sous la forme d'une bande au-dessus de la couche violette, ou entre l'indigo et le violet. Le magenta prend parfois temporairement le dessus sur la totalité de l'aura d'une personne, lorsque celle-ci est particulièrement savante et dévouée à transmettre sa sagesse et son pouvoir de guérison à celles et ceux qui en ont besoin.

QUALITÉS : le magenta intense est la couleur des leaders spirituels, qu'ils soient professeurs de reiki ou gourous. On le distingue souvent dans l'aura des sages qui ont acquis leur savoir par la souffrance et mis cette expérience au profit du bien des autres. Cependant, on l'aperçoit aussi parfois chez des personnes plus jeunes et toutes celles qui ont combattu des maladies graves ou ne se sont pas laissé anéantir par un handicap ou la menace d'une mort proche.

DÉFAUTS : un magenta très vif est visible chez les faux gourous ou les personnes qui se servent de leurs pouvoirs spirituels pour dominer les autres. Il caractérise aussi les personnes tellement imbues de leurs connaissances spirituelles qu'elles perdent de vue la vérité.

ARCHANGE : Métatron, archange de la Transformation, avec son crayon et son parchemin, même s'il est décrit comme étant un pilier de lumière scintillante. Le prophète Hénoch fut transformé en Métatron par le tonnerre et l'éclair.

PARFUMS : encens oliban, genévrier, citronnelle, myrrhe, orchidée et bois de santal.

PIERRES ET CRISTAUX FORTIFIANTS : aventurine bleue, silex, obsidienne acajou, météorite, sardonyx, tectite et titane arc-en-ciel

CHAKRA : troisième œil/sourcil, également relié au chakra couronne

Turquoise

Turquoise de l'intégration du cœur et de l'esprit, des sentiments et des pensées, la synthèse de la sagesse et de l'expérience ; c'est la couleur du guérisseur-sage.

Le turquoise provient de la quatrième (vert) et de la cinquième (bleue) couche de l'aura. Il émane de la tête à l'endroit où ces deux couches de couleurs fusionnent.

Il est parfois visible sur la totalité de l'aura des mystiques, des travailleurs humanitaires, des artistes, des écrivains ou des inventeurs. Il indique qu'une âme est ancienne.

QUALITÉS : un turquoise clair et brillant représente l'impartialité et la justice, mêlées de compassion. Un turquoise limpide est signe d'une dévotion sans faille pour ses amis et sa famille et toute personne dans le besoin, dans les bons comme les moins bons moments. Il indique que l'individu peut être un conseiller, négociateur, orateur et arbitre, et qu'il inspire la dévotion et le respect dans sa vie personnelle et publique. Les personnes à l'aura turquoise croient en ce qu'elles sont, mais ne sont pas ambitieuses ni animées par une soif de succès.

DÉFAUTS : le turquoise trop vif suggère qu'une personne charismatique utilise son talent pour gagner les faveurs de personnalités influentes, qui pourraient l'aider à améliorer son statut ou sa renommée.

ARCHANGE : Sandalphon, frère jumeau de Métraton, autrefois le prophète Élijah, monté au paradis sur un chariot de feu et, comme Métraton, ange de la transformation et de la sagesse traditionnelle.

PARFUMS : lys, lotus, menthe, musc, toutes les roses parfumées, bois de santal et thym.

PIERRES ET CRISTAUX FORTIFIANTS : aigue-marine, bornite ou minerai de paon, cobalt et titane (tous deux des métaux mélangés à du quartz), chrysocolle, lapis-lazuli, opale et turquoise.

CHAKRA : cœur/gorge, et le chakra mineur du thymus, à la base du cou.

Argenté

Argenté des rêves, de la magie, des visions et du désir de se réaliser au-delà du monde matériel ; de la capacité de parcourir les différentes dimensions et de se connecter aux mondes extraterrestres et aux visions soudaines, notamment celles qui apparaissent au cours des rêves, des méditations et des rêveries. C'est la couleur de celles et ceux qui rêvent.

Associé à la deuxième couche de l'aura, orange, il arrive aussi qu'elle s'étende autour de l'aura sous forme d'étoiles ou de traînées dans les couches supérieures de l'aura.

QUALITÉS : l'argenté pur est souvent visible autour d'un parent qui a beaucoup donné à sa famille, parfois en raison du handicap d'un enfant. Les étoiles ou étincelles d'argent dans une aura indiquent un potentiel spirituel caché et peuvent aussi apparaître autour d'une femme juste avant qu'elle ne tombe enceinte et persister durant la grossesse et l'accouchement. L'argenté peut également être signe d'imagination et de créativité développées, et de l'éveil ou du réveil de la sexualité. Les étoiles argentées révèlent aussi des capacités d'enseignement particulièrement développées.

DÉFAUTS : des flashs métallisés autour d'une aura révèlent qu'une personne tente de faire illusion ou de se créer une image, ou qu'elle recherche l'excitation et la stimulation par des moyens douteux et prend des risques.

ARCHANGE : Gabriel, archange de la Lune.

PARFUMS : cerise, jasmin, verveine citron, coquelicot, rose et ylang-ylang.

PIERRES ET CRISTAUX FORTIFIANTS : hématite, mica, pierre de lune, nacre, perle, pierre de lune arc-en-ciel, sélénite, argent et opale blanche.

CHAKRA : cœur et sacré.

AUTRES COULEURS PERÇUES ENTRE LES SEPT COUCHES DE L'AURA

Rose

Rose de l'amour inconditionnel, de la réconciliation, des soins apportés aux enfants et de la gentillesse ; c'est la couleur des sages conseillers et de l'amour inconditionnel.

Le rose fait partie de la couche d'aura verte, mais il peut arriver qu'il s'étende à la totalité de l'aura des jeunes filles qui atteignent la puberté et de celles et ceux qui vivent leur premier amour ou retrouvent confiance. On l'aperçoit autour des femmes enceintes et des jeunes mamans ainsi qu'autour des femelles en gestation ou qui viennent de mettre au monde leurs petits.

QUALITÉS : le rose vif est la couleur de celles et ceux qui apportent la paix entre des amis, des proches ou des collègues, qui réparent les cœurs brisés et apaisent ceux qui souffrent ou ont été maltraités.

Gentille, douce, patiente et tolérante vis-à-vis des défauts des autres, la personne à l'aura rose clair voit toujours le meilleur de chacun, c'est une amie loyale, qui rend chaque foyer accueillant et entretient de très bons rapports avec les jeunes enfants et les animaux. Le rose clair évoque aussi la fertilité.

DÉFAUTS : le rose très pâle, chez l'homme comme chez la femme, révèle un syndrome du petit garçon ou de la petite fille perdue, qui cherche constamment à être sauvée. Un rose terne ou trouble, peut révéler une attitude de martyre, « pauvre de moi ». Un rose très nébuleux suggère que la personne accorde tellement d'importance au point de vue des autres qu'elle a tendance à choisir la voie de la facilité et à ne pas se battre pour la justice.

ARCHANGE : Ariel, lionne de Dieu.

PARFUMS : fleur de pommier, fleur de cerisier, géranium, lilas, mélisse, roses et vanille.

PIERRES ET CRISTAUX FORTIFIANTS : corail, kunzite, mangano calcite ou calcite rose, morganite, calcédoine rose, opale, quartz rose et tourmaline.

CHAKRA : cœur.

Marron

Marron des capacités physiques, de la stabilité et de la fiabilité, de l'amour des animaux, de l'acceptation de la fragilité, que ce soit la sienne ou celle des autres, de la puissance liée à la terre ; c'est la couleur de celles et ceux qui posent des fondations solides.

Le marron est relié aux vibrations inférieures et lentes de la couche rouge de l'aura, la plus interne.

QUALITÉS : le marron chaud et doré indique qu'une personne est profondément ancrée dans la Terre mère, soucieuse de l'environnement, amoureuse de la terre, qu'elle préfère l'action à la réflexion, aime s'occuper de son foyer et de sa maison, est douée pour les arts et le bricolage, les travaux de rénovation et le jardinage. Le marron foncé signe une grande prudence concernant les finances et la propriété et une sympathie pour les personnes âgées.

DÉFAUTS : le marron trouble peut révéler une étroitesse d'esprit, une prudence exagérée et une tendance à avoir des préjugés. Il est signe d'une personne avare et qui a du mal à montrer son affection. Un marron froid sera visible dans l'aura d'une personne obsédée par l'argent et les possessions matérielles et qui est un bourreau de travail. Le marron très clair suggère que la personne est submergée par des difficultés financières ou d'ordre pratique.

ARCHANGE : Cassiel, archange de Saturne, avec son côté pratique, prudent et qui apporte un cadre.

PARFUMS : hibiscus, mimosa, patchouli, herbe aux bisons, arbre à thé et thym.

PIERRES ET CRISTAUX FORTIFIANTS : bronzite, rose des sables, jaspe léopard ou serpent, quartz rutilé, tous les jaspes couleur sable ou mouchetés de marron et œil-de-tigre.

CHAKRA : racine ou de la base, et également le chakra inférieur dit Étoile de la Terre, situé au niveau des chevilles, de la plante et des côtés des pieds.

Gris

Gris du compromis, de l'adaptabilité et de la capacité à se fondre dans le décor; c'est la couleur de celles et ceux qui gardent les secrets et le mystère.

Le gris est la partie inférieure de la couche rouge de l'aura, la plus intérieure. Il arrive également qu'il émane de la troisième couche, jaune, sous forme d'une brume recouvrant la totalité de l'aura, lorsqu'une personne essaie de ne pas révéler ses pensées ou ses intentions.

QUALITÉS : un gris tourterelle argenté est signe d'une aura qui exprime la neutralité et d'une volonté d'éviter les questions à charge émotionnelle ou pouvant porter à controverse, et de s'engager. Le gris clair indique que la personne est douée pour œuvrer discrètement pour que les choses se passent. Les personnes à l'aura grise sont difficiles à cerner et ont tendance à satisfaire tout le monde. Ces personnalités, qui font rarement des histoires, sont des espions et des détectives instinctifs.

DÉFAUTS : un gris terne peut indiquer une dépression. S'il est visible au niveau des genoux, cela indique que la personne a du mal à tourner la page après un chagrin. Un gris très pâle peut être signe d'indécision et d'une personne qui ne prend pas parti. Un gris dense et brumeux veut souvent dire « gardez vos distances », généralement car la personne a quelque chose a cacher (attention si vous l'apercevez chez votre nouvel(le) amoureux(se) et n'a aucun principe. Un gris trouble est signe d'informations cachées ou de demi-vérités, et vous invite souvent à faire attention et à ne pas faire confiance sans avoir pris de garanties.

ARCHANGE : Raziel, l'ange des Mystères divins et des Secrets, qui serait l'auteur du *Livre de Raziel*, qui renferme tout le savoir terrestre et divin ; il est souvent décrit comme une silhouette que l'on devine derrière au rideau gris foncé légèrement transparent.

PARFUMS : ambre gris, cèdre, lavande, verveine citron, marjolaine à coquilles, myrrhe, musc et patchouli.

PIERRES ET CRISTAUX FORTIFIANTS : larme d'Apache (obsidienne), fossiles, agate grise rayée, pyrite de fer, labradorite, quartz fumé, tectite et agate à fossiles.

CHAKRAS : racine ou plexus solaire.

Noir

Noir des transitions, du repos qui permet de se régénérer et d'affronter les peines et les obstacles.

Bien que le noir corresponde à la partie la plus basse de la couche interne de l'aura, il peut apparaître à n'importe quel endroit de l'aura, notamment sous forme de nœud ou d'enchevêtrements ; il attire alors notre attention sur la zone où il se trouve, surtout sur le plan émotionnel.

QUALITÉS : une aura noire nette et presque transparente peut indiquer que la personne se repose sur le plan émotionnel ou spirituel, peut-être à la suite d'une période épuisante ou stressante ou après un deuil, et qu'elle a besoin de reprendre des forces derrière cette noirceur protectrice. Une aura noire positive correspond à un besoin fort de protection psychique : la personne qui porte cette aura se protège donc volontairement ou spontanément contre une intrusion… ce n'est donc pas une aura qu'il faut tenter de lire !

DÉFAUTS : une aura d'un noir mat est signe d'épuisement ou de dépression. Elle apparaît plus souvent sous forme de taches ou de zébrures noires que d'une aura complète. Cependant, un noir dur et brillant peut suggérer que la personne est un vampire psychique ou émotionnel, ou qu'elle souffre d'addictions fortes ou a des tendances criminelles. C'est une aura qu'il est préférable d'éviter, à moins d'être un guérisseur expérimenté.

ARCHANGE : Cassiel, ange de la Sérénité. Cassiel enseigne le calme et l'immobilité, qui permettent de prendre le temps de réfléchir et de se poser avant d'agir.

PARFUMS : myrrhe, musc et armoise.

PIERRES ET CRISTAUX FORTIFIANTS : obsidienne, quartz fumé et larmes d'Apache, qui sont toutes des pierres translucides

CHAKRA : racine ou de la base, et le chakra secondaire Étoile de la Terre.

Dans le chapitre suivant, nous découvrirons l'aura de l'humeur, dominante et passagère, qui indique comment se sentent les personnes et de quelle manière elles sont susceptibles de réagir.

3

DÉCOUVRIR L'AURA DE L'HUMEUR

Les auras des êtres humains sont en changement constant. Nos auras sont affectées de manière positive et négative par les champs énergétiques des personnes avec qui nous interagissons et l'environnement physique, mental et émotionnel dans lequel nous vivons et travaillons. Ces auras liées à l'humeur peuvent aussi être influencées par des souvenirs de situations ou de craintes passées ou une anticipation de l'avenir.

Certains individus sont sujets à des sautes d'humeur soudaines et particulièrement sensibles aux événements extérieurs et à leurs pensées intérieures. Les auras des enfants hyperactifs et qui souffrent de TDAH ou du syndrome d'Asperger sont très ouvertes et donc très facilement affectées par la présence de camarades antipathiques ou d'adultes insensibles. D'autres enfants souffrant de troubles du spectre autistique ont fermé leurs auras très jeunes afin d'éviter la douleur intense provoquée par les interactions avec le monde, qu'elles soient positives ou négatives.

Être capable de lire instantanément l'aura de l'humeur d'individus voire, avec un peu de pratique, de groupes de personnes (sur votre lieu de travail ou dans d'autres situations) vous aide à comprendre ce qui se passe, même de manière invisible, ce qui vous donne une longueur d'avance.

Au cours de la journée, il peut arriver que des situations ou des personnes affectent temporairement la couleur de votre aura, mais pas seulement. Si quelque chose vous tient à cœur ou si vous vous concentrez, une couleur liée à l'humeur peut prendre le dessus sur la totalité de votre aura. Par exemple, lorsque vous êtes concentré pour apprendre une nouvelle compétence, le jaune clair prédomine. Si vous êtes en plein travail de développement spirituel, c'est l'une des couches supérieures de l'aura, par exemple l'indigo, qui couvre les sept couches de l'aura, y compris, très temporairement, l'aura permanente ou de la personnalité, pourtant très stable, que je décrirai dans le prochain chapitre.

Ces couleurs passagères sont généralement vacillantes et éphémères. Lorsque vous commencerez à lire les auras, la couleur de l'humeur sera souvent la première que vous verrez et la plus distincte, car elle est nourrie par l'émotion et se répand très facilement dans le champ énergétique.

Je l'ai très souvent observé lorsque j'ai travaillé à interpréter les images prises par un appareil photographiant les auras. Cet appareil photo spécial convertit les couleurs prédominantes de l'aura en une photo papier de la tête et des épaules des sujets. Il faut que l'individu en question pose ses mains sur des plaques métalliques et s'asseye devant l'appareil.

Si une couleur prédomine à l'instant où la photo est prise, elle reflète l'humeur ressentie immédiatement par la personne, qui occulte toutes les autres couleurs. J'ai par exemple été témoin d'une scène lors de laquelle un couple se disputait à côté de l'appareil photographiant les auras. L'homme disait que faire cette photo était un gaspillage d'argent.

Sa partenaire lui a rétorqué d'un ton sec qu'il était méchant et l'empêchait toujours de s'amuser. Elle était toujours furieuse lorsqu'elle s'est assise pour faire la photo et a refusé de prendre le temps de se calmer. Résultat : la totalité de la photographie était intégralement recouverte de rouge vif.

Son partenaire étant sorti en trombe, je n'ai donc malheureusement pas pu photographier son aura. Relisez rapidement les deux premiers chapitres pour essayer de deviner de quelle couleur elle devait être.

IDENTIFIER L'AURA LIÉE À L'HUMEUR

L'aura de l'humeur est souvent assez scintillante. Vous la percevrez certainement d'abord dans votre esprit. Si vous êtes une personne très logique, votre esprit pourrait bloquer ce processus. Dans ce cas, énoncez ou écrivez la première couleur qui vous vient à l'esprit lorsque vous regardez quelqu'un, car il s'agit systématiquement de la bonne couleur.

Pour commencer, programmez votre œil psychique et votre intuition en disant, à voix haute ou dans votre tête : «*je souhaite commencer par me concentrer sur l'aura de l'humeur*».

Regardez directement le sujet ou, s'il vous semble impoli de fixer une personne alors qu'elle est si proche de vous, regardez un peu derrière son épaule (gauche ou droite). Vous pouvez aussi regarder la personne par-derrière puisque l'aura s'étend tout autour du corps sur la largeur d'un bras environ, voire davantage aux endroits où elle est la plus vive. C'est généralement au niveau de la tête et des épaules qu'il est le plus facile de la distinguer.

Fermez lentement les yeux et ouvrez-les tout aussi lentement puis clignez des yeux. Vous devriez voir instantanément l'aura liée à l'humeur.

Que vous distinguiez les couleurs dans votre esprit ou avec vos yeux, la texture de l'humeur est plus vaporeuse que le corps physique.

Elle ressemble à un filet très fin, coloré et étincelant, qui bouge rapidement, sans arrêt, comme les ondulations de l'eau au-dessus du sable dans une flaque peu profonde ou la lumière du soleil qui danse sur l'eau.

Si l'aura de l'humeur disparaît avant que vous ayez pu analyser l'information, recommencez l'exercice. La couleur de l'aura de l'humeur devrait rester un peu plus longtemps dans votre esprit. L'aura de l'humeur peut croître ou décroître en intensité et en taille de manière instantanée.

Votre perception psychique ou clairconnaissance (parfois appelée sixième sens) devrait se manifester assez rapidement.

Si l'aura de l'humeur est pâle ou, à l'inverse, très vive, il se peut que vous vous sentiez soudainement épuisé ou vaincu dans votre corps, peut-être parce que la personne dont vous lisez l'aura se fait harceler par un collègue ou son/sa partenaire. Si la personne que vous observez est sur le point de hurler sur quelqu'un, vous pourriez ressentir une douleur au niveau de vos dents, comme si vous mordiez dans de la glace.

Si un enfant rentre régulièrement chez lui après l'école avec une aura de l'humeur pâle, il est recommandé d'essayer de se renseigner discrètement pour savoir s'il se fait embêter, même s'il ne porte aucun signe de violence physique.

Souvenez-vous que l'humeur n'est pas forcément liée à un événement présent : il peut aussi arriver qu'un souvenir nous revienne et nous submerge de peine ou de joie. Avec la pratique, vous sentirez intuitivement dans quel cadre temporel s'inscrit l'événement qui influe sur la couleur de l'humeur, que ce soit un événement présent, un souvenir, une chose espérée ou crainte. Cette interprétation intuitive est possible car tous les mots prononcés, impressions et images sont stockés dans notre aura, y compris la colère, la passion, les souvenirs et les inquiétudes quant à l'avenir.

À mesure que vous en apprendrez davantage sur les auras, vous serez capable de repérer ces humeurs et d'appliquer le bon remède pour contrecarrer la négativité.

Si vous êtes vous-même sujet à des sautes d'humeur inexpliquées, essayez de repérer si vous pouvez établir un lien entre la survenue de ces changements et une situation similaire passée. Quand l'humeur n'est pas positive, une fois que vous en connaissez la cause, que ce soit chez vous ou chez quelqu'un d'autre, vous serez en mesure d'agir pour prononcer les mots adéquats, proposer du soutien, éviter l'élément déclencheur de cet inconfort ou travailler avec une couleur antidote (voir chapitre 6 page 61).

Contrôler votre propre aura de l'humeur

Évaluez votre aura de l'humeur au réveil et plusieurs fois au cours de la journée, ainsi que le soir. Pour ce faire, vous aurez besoin d'un miroir ou d'une autre surface réfléchissante. Faites des essais pour déterminer si vous préférez un fond sombre ou clair. Vous n'avez besoin de voir que votre tête et vos épaules.

Au travail, observez votre aura dans le miroir des toilettes. Si sa couleur n'est pas positive, aspergez d'un peu d'eau la naissance de vos cheveux et de vos sourcils pour nettoyer toute votre aura.

Si votre aura se trouve très près de votre corps, cela peut indiquer que vous êtes sur la défensive. Gardez à l'esprit que toute l'aura peut se rapprocher du corps. Nous verrons plus tard comment la rétracter délibérément pour se protéger.

Souvenez-vous de ce qui se passait au moment où vous avez observé votre aura. Cela pourra vous aider à remarquer les événements ou personnes qui provoquent un changement d'humeur négatif ou vident votre aura, qui devient de fait très pâle ou trouée, par exemple en présence d'un vampire émotionnel.

Même si vous n'en avez pas conscience, vous pouvez ressentir les effets d'une attaque sur votre aura pendant plusieurs jours ou heures, que cette dernière ait été délibérée ou la simple conséquence d'une interaction avec une personne sangsue ou une âme pessimiste. En anticipant la cause, vous pouvez minimiser l'impact de ces événements ou de ces rencontres ou protéger votre aura en amont.

À l'inverse, notez les situations ou les personnes joyeuses qui remplissent votre aura de bonheur ou de paix et faites en sorte de multiplier ces rencontres dans votre quotidien.

Voyez-vous des personnes ou des événements dont la venue ou la survenue prochaine déclenche une réaction positive ou négative forte de votre aura de l'humeur ? Cela pourrait vous aider à comprendre des choses dont vous n'avez pas conscience... Par exemple, il se peut que vous ne preniez plus de plaisir à voir l'ami(e) avec lequel ou laquelle vous passez tous vos mercredis soirs. Vous feriez peut-être mieux d'aller à la salle de sport ou de rester chez vous.

Garder une trace de vos analyses

Entraînez-vous pendant quelques semaines à identifier l'aura de l'humeur de différentes personnes au travail, chez vous, à la salle de sport, à l'université, dans le train, à l'aéroport ou dans la file d'attente au supermarché. Si possible, demandez à la personne dont vous avez lu l'aura comment elle se sent, afin de vérifier si votre analyse était la bonne.

Constituez-vous un classeur d'étude et rédigez vos remarques sur des feuilles blanches, chaque fois que vous examinez votre humeur. Vous pourrez y inscrire vos analyses des éléments étudiés dans les chapitres suivants.

Prenez une page différente pour chaque couleur de l'aura, y compris les couleurs secondaires des auras supérieures, en vous basant sur les chapitres 1 et 2 (qui débutent respectivement page 1 et page 15). Chaque fois que vous rencontrez une couleur, dans l'aura de l'humeur ou une autre zone de l'aura, inscrivez ce que vous avez ressenti et *vu* et les circonstances qui ont donné naissance à cette couleur d'aura, dans cette teinte précise. Vous pourrez ainsi établir votre propre liste de signification des couleurs.

Conservez une trace de vos observations en dessinant un visage et les sept couches de l'aura, comme ci-dessous.

Dessinez sept cercles de taille égale autour de la tête. Avec l'expérience, vous remarquerez que l'aura de l'humeur affecte et obscurcit les couches internes, liées au quotidien, mais aussi les couches externes, qu'elle peut troubler ou intensifier.

Détaillez de plus en plus vos observations. Par exemple, vous pouvez écrire à côté du schéma que lorsque l'enfant ou l'adolescent a arrêté temporairement de hurler pour voir si son accès de colère avait l'effet escompté, son aura écarlate s'est fragmentée.

Au cours des semaines suivantes, comparez les situations et les âges des personnes observées : par exemple une aura de colère chez un enfant de deux ans ou un directeur furieux qu'une échéance n'ait pas été respectée. Voyez quelles conclusions vous pouvez en tirer et de quelle manière vous pourriez gérer chacune de ces situations. Dans le chapitre 6, nous verrons comment utiliser des couleurs antidotes dans ces contextes.

Il arrive que certaines personnes, quand elles commencent à étudier les auras, en particulier l'aura de l'humeur, remarquent que deux ou trois couleurs sont présentes en permanence, bien vives, mais mates et immobiles (comme lorsque l'on observe les différentes couches de nuages depuis le hublot d'un avion). Cela se vérifiera pour vous-même, mais aussi pour les personnes avec lesquelles vous interagissez régulièrement. Ce sont les couleurs de l'aura permanente ou de la personnalité. Comme nous l'avons déjà vu, il est possible qu'elles débordent de leurs propres couches à certains moments de la vie ou s'il s'agit de traits de caractère marqués.

Si vous ne distinguez, au départ, que la couleur de l'aura de l'humeur, coloriez toutes les couches de l'aura dans cette couleur. Je vous expliquerai dans le chapitre 4 comment observer précisément l'aura de la personnalité.

Avec le temps, vous serez en mesure de créer un schéma à sept couches bien détaillées, qui vous apprendra tout ce que vous devez savoir pour nettoyer, guérir et renforcer l'aura.

Vous pouvez vous reporter aux chapitres 1 et 2 pour vous aider à comprendre la signification de l'aura de l'humeur, mais faites confiance à votre intuition et à vos sensations et laissez-vous guider par elles lorsque vous analysez la signification des sentiments et pensées d'un individu. Plus vos observations quotidiennes seront précises, plus vous prendrez confiance en vos capacités.

Sur votre lieu de travail, remarquez si l'arrivée ou la visite prévue d'une personne particulière (par exemple un collègue du siège de l'entreprise ou la femme ou le mari du directeur/de la directrice) affecte de la même manière l'aura de l'humeur de tout le monde, ou si les gens réagissent différemment.

Étudiez les auras individuelles des membres d'un groupe le lundi matin, avant le week-end, la veille d'un jour férié, lorsqu'ils doivent rendre un dossier ou pendant une conférence ou une réunion. Demandez-vous qui est concentré sur le sujet, qui rêvasse et essayez de deviner ce qui les distrait. Leur aura de l'humeur vous donnera des indices : par exemple, un vert étincelant indique que la personne pense au rendez-vous galant qu'elle a prévu juste après.

Le lundi matin, observez l'aura de chaque personne lorsqu'elle pénètre sur son lieu de travail. Si possible, essayez de savoir ce qu'elle a fait pendant le week-end. Au milieu de la semaine, vous pourrez certainement établir un lien entre la course pour aller chercher les enfants à la sortie de l'école ou un problème à la maison et l'aura de l'humeur d'une personne. Faites la même chose en observant les parents qui déposent leurs enfants à l'école le matin. Engagez la conservation par des remarques anodines afin d'essayer de savoir si le début de journée a été difficile ou si la personne est enthousiaste pour une raison précise.

Pendant une fête d'anniversaire ou de retraite, un mariage ou une fête de famille, remarquez les personnes dont l'aura de l'humeur n'est pas en accord avec les paroles et les actes ou avec la joie habituellement ressentie lors d'une telle occasion et notez de quelle manière (ennui, irritabilité, jalousie, amour caché pour le/la marié/e). Nous reviendrons là-dessus dans le chapitre 7, qui aborde les interactions entre auras.

Observez les passagers qui vous entourent dans l'avion et essayez de déterminer qui a peur (un rouge très vif qui clignote indique une volonté de fuir). Vous pourriez bien être surpris du résultat !

Dans le train ou dans le bus, observez l'aura de l'humeur de votre voisin puis essayez d'entamer la conversation pour connaître le but de son voyage.

Choisissez quatre, cinq ou six sujets à étudier de manière approfondie pendant plusieurs semaines (par exemple quelques collègues de travail et un ou deux membres de votre famille) et notez les couleurs de leurs auras de l'humeur à différents moments de la journée et de la semaine. Si l'une de vos amies a l'habitude de rendre visite à ses beaux-parents chaque mardi, observez si son aura a changé le lendemain, mais aussi l'après-midi qui précède la visite.

Après avoir étudié l'aura de ces personnes, essayez de comprendre ce qui a provoqué cette aura. Prenez une feuille et un crayon et laissez venir les mots sans réfléchir. Comme vous connaissez bien vos sujets, il est facile de les interroger discrètement sur ce qu'ils ressentent. Plus vous serez détendu, plus la réponse vous viendra de manière intuitive.

Lorsque vous voyez arriver un proche, votre partenaire, un voisin ou un collègue dans la rue ou sur le parking, lisez rapidement son aura et essayez de deviner son humeur. Vous pouvez aussi le faire lorsque vous avez rendez-vous avec quelqu'un pour déjeuner, avec un jury d'entretien ou lorsque vous allez boire un verre après le travail.

Dans le chapitre suivant, nous travaillerons sur l'aura de la personnalité, plus constante, et nous ajouterons quelques couleurs à votre schéma à sept couches.

4

COMPRENDRE L'AURA DE LA PERSONNALITÉ

L’aura de la personnalité aide à comprendre ce qui fait vibrer les gens et donne une idée de qui ils sont et de ce qui compte pour eux. Cela peut vous aider à trouver la manière la plus adaptée pour les aborder. Il se peut que vous ayez déjà remarqué une, deux ou parfois trois couleurs mates derrière l’aura de l’humeur, qui varie beaucoup. L’aura de la personnalité est plus statique et diffuse. Chez les nouveau-nés et les jeunes enfants, elle change rapidement. À l’adolescence et au début de la vingtaine, il arrive aussi que l’on observe des changements rapides de l’aura de la personnalité, bien que la couleur principale reste la même ou ne varie que très légèrement.

Chez l’adulte, des changements de l’aura de la personnalité peuvent survenir lors d’événements décisifs de la vie. Par exemple, le fait de tomber profondément amoureux (vert émeraude), de donner naissance à un enfant (rose) ou d’étudier ou de se découvrir un don pour la spiritualité (indigo) pourra modifier considérablement l’aura en un laps de temps très court. De même, être profondément blessé par une trahison amoureuse peut entraîner l’apparition de barrières de couleur noire ou de couleurs vives, quasiment du jour au lendemain.

IDENTIFIER LES ASPECTS DE L'AURA DONT VOUS AVEZ LE PLUS BESOIN

Dans le chapitre 3, nous avons étudié l'aura de l'humeur. C'est maintenant l'aura de la personnalité, plus permanente, qui va nous occuper, un peu comme si nous avions changé d'objectif sur un appareil photo de qualité, pour nous concentrer précisément sur ce que nous avons besoin de saisir.

Avec toutes ces connaissances, vous pourrez percevoir ou voir spontanément les sept couleurs de l'aura lorsque vous voudrez la lire pour obtenir des informations personnelles plutôt que pour la soigner. Vous vous concentrerez principalement sur l'humeur et la personnalité.

Si vous souhaitez *voir* l'aura de la personnalité directement après avoir observé celle de l'humeur, attendez quelques instants, fermez les yeux et reposez tous vos sens psychiques en visualisant un tissu de velours bleu profond.

L'aura de l'humeur va ainsi s'estomper automatiquement et lorsque vous ouvrirez les yeux, la(es) couleur(s) de l'aura de la personnalité remplacera doucement celles de l'aura de l'humeur dans votre vision psychique. Nous verrons les techniques pour voir ou percevoir les différentes couches de l'aura de la personnalité plus loin dans ce chapitre.

DE L'IMPORTANCE DE COMPRENDRE L'AURA DE LA PERSONNALITÉ

À mesure que vous prendrez de l'assurance, vous pourrez peut-être découvrir des inadéquations surprenantes, telles que le fait qu'une personne semble ne pas apprécier son travail alors qu'elle y excelle. Par exemple, vous verrez une comptable indigo ou une assistante maternelle jaune citron qui ont changé de carrière tardivement par rapport à celles qu'elles avaient embrassées au départ, souvent pour faire plaisir à leurs parents ou parce que cela leur semblait être une décision raisonnable.

Si vous êtes thérapeute ou travaillez dans les ressources humaines, lire les auras de la personnalité peut s'avérer une compétence utile pour comprendre des dilemmes qui n'ont pas de cause apparente.

Cette comptable indigo peut être particulièrement intuitive, identifier instinctivement les problèmes ou les erreurs et être très appréciée de ses clients pour ses manières courtoises et son calme. L'assistante maternelle peut aussi avoir un bon sens de l'organisation et veiller à tout instant à ce que les enfants aient tout ce dont ils ont besoin.

Lors d'un entretien, vous pourrez comprendre rapidement l'humeur de vos interlocuteurs, ainsi que les valeurs auxquelles ils accordent de l'importance. Lors d'une soirée de célibataires, d'une rencontre avec de nouveaux collègues ou d'un séminaire d'entreprise, d'une sortie avec votre partenaire ou du premier contact avec sa famille, vous saurez tout de suite adopter la bonne attitude et quels sujets vous pouvez aborder sans risque.

Avec le temps, vous parviendrez à *lire* les auras de la personnalité en entendant une personne parler, même au téléphone, ou en regardant des photographies, par exemple sur les sites de rencontre en ligne.

ÉTUDIER EN DÉTAIL L'AURA DE LA PERSONNALITÉ

Les personnes dont l'aura de la personnalité ne comporte qu'une seule couleur ont souvent un caractère très défini et des opinions tranchées. Si l'aura de la personnalité est de couleur pâle, fade, il se peut que la personne ait été victime de maltraitance, physique ou émotionnelle, et qu'elle ait arrêté d'exprimer ses opinions et même ses goûts et ses dégoûts.

Techniques pour voir l'aura de la personnalité

Travaillez uniquement avec des sujets que vous connaissez bien jusqu'à ce que vous ayez suffisamment confiance en vos capacités de lecture d'aura. Par la suite, essayez de lire les auras de la personnalité d'inconnus ou de vagues connaissances que vous rencontrez sur votre lieu de travail ou que vous fréquentez, par exemple à la salle de sport, afin d'obtenir quelques informations en les interrogeant de manière anodine sur leur mode de vie ou leurs goûts.

Comme pour l'étude de l'aura de l'humeur, programmez votre œil psychique en lui demandant de vous montrer uniquement l'aura de la personnalité.

Regardez en direction du sujet choisi, mais sans le fixer cette fois, en gardant les yeux mi-clos. Son aura de la personnalité, de couleur douce et mate, devrait apparaître spontanément. Si ce n'est pas le cas, fermez les yeux le plus lentement possible et rouvrez-les tout aussi lentement, sans cligner des yeux. L'aura de la personnalité devrait rester visible pendant une minute ou deux, voire plus. Dans le cas contraire, réessayez de fermer et de rouvrir les yeux très lentement. Avec l'expérience, vous pourrez voir en même temps l'aura de l'humeur qui scintille derrière l'aura de la personnalité.

Comme pour l'aura de l'humeur, si vous ne voyez rien, intérieurement ou extérieurement, nommez à voix haute ou écrivez la(les) couleur(s) que vous sentez, sans réfléchir. Cela devrait vous permettre de passer outre les blocages inconscients.

Prendre des notes sur l'aura de la personnalité

Lorsque vous inscrivez vos découvertes sur le schéma à sept bandes, coloriez-le et annotez-le en fonction de ce que vous voyez et de la position relative des couleurs. Un nouvel aspect de la personnalité pourrait bien émerger.

Il est très probable que la ou les couleur(s) de l'aura de la personnalité remplissent une grande partie ou la totalité des sept bandes.

Toutefois, il arrive qu'elle ne recouvre que les couches externes du schéma ou que chaque couleur se trouve dans sa couche, sans en déborder. Cela indique que la personnalité est inhibée ou masquée temporairement, surtout si les couches de couleurs ne sont pas voisines. Par exemple, si vous distinguez du vert pâle dans la quatrième couche en partant de l'intérieur, la couche du cœur, naturellement verte, cela suggère que la personne vit à travers les autres.

La position relative des couleurs est significative et permet d'analyser la nature prédominante d'une personne, notamment lorsqu'une couleur masque totalement les autres. De même, l'observation d'une fine bande d'une autre couleur s'étendant vers l'extérieur, vers le cosmos, révèle qu'un trait de personnalité dont la personne n'a pas encore pris conscience pourrait être la clé de son bonheur.

Plus la couleur de la personnalité se situe proche de la tête ou du chakra couronne, plus ce trait de personnalité se manifeste dans la vie quotidienne. Si vous observez des bandes de largeur uniforme, cela signifie que le sujet a trouvé un équilibre entre divers aspects de sa personnalité, par exemple entre la logique et la créativité ou le travail et la maison.

Si le sujet a des tendances dominatrices, les couleurs de son aura de la personnalité peuvent déborder sur les couches adjacentes. C'est souvent le cas des auras de la personnalité monochromes, comme le bleu foncé synonyme de rigidité et d'un caractère autocratique.

Préparez une large palette de crayons de couleur, de craies ou de feutres, avec au moins trois nuances de chaque couleur.

APPROCHE ALTERNATIVE DE LA LECTURE D'AURA

Si les techniques présentées précédemment ne fonctionnent pas pour vous, vous pouvez envisager les approches suivantes, basées sur la psychoscopie ou toucher physique.

Prenez le temps de refaire les exercices d'observation décrits dans ce chapitre et le précédent.

Vous pouvez aussi essayer la technique suivante, qui vous permettra d'identifier presque instantanément les auras de l'humeur et de la personnalité, même si vous avez des blocages.

Comme je l'ai expliqué plus tôt, utilisez des crayons, des craies, des feutres ou de la peinture avec au minimum trois nuances de chaque couleur, ainsi que des couleurs pailletées pour l'aura de l'humeur. Choisissez des crayons pailletés avec différentes teintes d'une même couleur, car l'aura de l'humeur chatoie lorsqu'on l'aperçoit pour la première fois. J'ai acheté les miens au rayon loisirs créatifs du supermarché.

Nous possédons des chakras mineurs, ou centres d'énergie psychique, dans chaque main, plus précisément au centre de chaque paume. Ces chakras sont reliés au chakra du cœur, par lequel transitent les connaissances psychiques. C'est pourquoi la technique du coloriage spontané est idéale pour garder une trace de ce que l'œil physique ne perçoit pas.

Choisissez un sujet qui va rester relativement immobile pendant quelque temps.

Il n'est pas nécessaire que vous le connaissiez personnellement. Asseyez-vous dans un parc ou un square, et observez les gens qui sont en train de lire, de manger ou de consulter leur téléphone. Vous pouvez aussi tout simplement choisir d'étudier la personne installée à l'autre bout de votre bureau.

Asseyez-vous de manière à voir la tête de votre sujet, de face ou de dos, si possible devant une source de lumière douce.

Que ce soit pour observer l'aura de l'humeur ou de la personnalité, détendez-vous et laissez dériver votre regard comme lorsque vous rêvassez ou glissez doucement dans le sommeil, Jusqu'à ce que la personne que vous observez devienne presque floue. Certains trouvent qu'il est plus facile de regarder légèrement à côté de la personne plutôt que de la placer au centre du champ de vision. Vous pouvez aussi poser votre regard quelques centimètres au-dessus de son épaule.

Tracez un simple cercle sur une feuille blanche pour représenter la tête du sujet. Dessinez un petit cercle autour de la tête pour l'aura de la personnalité et un second cercle plus large pour l'aura de l'humeur.

Puis, en choisissant les crayons au toucher plutôt qu'en regardant dans la boîte, coloriez l'aura de l'humeur sur le schéma de la tête.

Regardez votre sujet, puis la feuille, en alternance, lentement, sans vous arrêter et sans essayer de contrôler votre main. Coloriez sans réfléchir.

Si aucun des crayons à paillettes ne semble convenir pour l'aura de l'humeur lorsque vous posez la main dessus, essayez avec les crayons de couleur pour la personnalité, mates, car l'aura de l'humeur peut être terne, morne ou fatiguée.

Vous pouvez ensuite étudier et noter la(les) couleur(s) de l'aura de la personnalité de la même manière, en laissant apparaître spontanément l'épaisseur des couches s'il y a plusieurs couleurs. N'oubliez pas de fermer les yeux et de visualiser le rideau de velours bleu avant de passer à l'étude de l'aura de la personnalité.

ÉTAPE SUIVANTE DE LA LECTURE D'AURA

Nous allons maintenant combiner la lecture de l'aura de l'humeur et de la personnalité et utiliser tout ce que vous venez d'apprendre pour obtenir plus d'informations. Constituez un dossier regroupant toutes les personnes que vous observez régulièrement. Commencez toujours par observer l'aura de l'humeur, puis celle de la personnalité.

Il faut observer les deux aspects de l'aura de manière plus détaillée afin de discerner psychiquement toutes les traces sombres, telles que des trous ou des nœuds, qui se situent dans les différentes couches de l'aura de l'humeur ou de la personnalité.

Continuez à représenter la tête par un cercle, l'aura de la personnalité par un autre petit cercle, proche de la tête (les couleurs peuvent se superposer) et l'aura de l'humeur par un troisième cercle, plus large.

Cette fois, il est inutile de regarder volontairement dans le vague ou de cligner des yeux. Vous pouvez fermer les yeux un instant ou battre des paupières, si vous en avez envie, l'essentiel étant de ne pas exagérer ce que vous ressentez, d'aucune manière que ce soit.

Cette fois, choisissez les couleurs en pleine conscience.

Étudiez d'abord l'aura de l'humeur, en suivant la méthode proposée page 29, puis fermez les yeux et visualisez le rideau de velours bleu. Observez ensuite l'aura de la personnalité en suivant la technique de la page 41.

Cette fois, en plus de noter les couleurs et les teintes que vous observez, relevez les irrégularités, les nœuds, les enchevêtrements, les lignes sombres, les zones claires ou même les trous que vous apercevez. Ils peuvent révéler des traumatismes émotionnels.

Un nœud dans l'aura de l'humeur peut notamment entraîner une réaction inappropriée à une situation, déclenchée par le souvenir d'une humiliation passée rendant toute critique inacceptable à la personne.

Il se peut aussi que vous entendiez dans votre tête des mots ou des phrases donnant d'autres informations sur l'aura de la personne que vous étudiez. Inscrivez-les également autour de votre schéma.

Si vous sentez qu'aucune information ne vous vient, écrivez simplement sur la feuille le lieu, la date et le prénom de la personne, si vous le connaissez. Vous constaterez peut-être que les informations que vous avez acquises en observant l'aura correspondent à la situation. Ce n'est toutefois pas essentiel. Le principal, à ce stade, est de pratiquer.

PRATIQUE CONTINUE DE LA LECTURE DE L'AURA DE LA PERSONNALITÉ

Lisez les auras de la personnalité partout, même si vous n'avez aucun moyen de vérifier vos suppositions. Dès que vous avez la possibilité de discuter avec quelqu'un (il est incroyablement facile d'engager la conversation), lisez son aura de la personnalité.

Voyez si les couleurs des couches de l'aura du parent aimant (rose profond) et du cadre stressé (bleu très vif) sont équilibrées ou si vous distinguez des couleurs mornes pouvant révéler un conflit d'intérêts.

Pour garder une trace précise de ces détails supplémentaires, créez un schéma de la tête entourée de deux cercles. Dans le premier, consignez les éléments sur l'aura de l'humeur et dans le second, ceux sur l'aura de la personnalité. Plus vous développerez vos compétences dans la lecture d'auras, plus vous pourrez créer des schémas précis et complexes, représentant les sept couches de l'aura par sept cercles, qui vous serviront pour le travail de guérison et de purification.

Dans le chapitre suivant, nous aborderons la purification et la guérison de l'aura ainsi que les couleurs antidotes.

5

PURIFIER, SOIGNER ET ÉNERGISER LES AURAS

Lors de vos lectures des auras de l'humeur et de la personnalité, il vous est certainement arrivé de remarquer des bandes de couleurs en arrière-plan.

Les sept bandes de couleurs, de même que les couleurs subsidiaires intermédiaires, renferment la clé de la santé et du bien-être. Grâce à elles, vous pourrez purifier et énergiser la totalité de l'aura. Vous pourrez aussi en soigner et renforcer certains aspects qui causent des déséquilibres du corps, de l'esprit et de l'âme.

Une l'aura est bloquée, hyperactive ou affaiblie peut entraîner des maladies pour lesquelles la personne présente des prédispositions ou exacerber des problèmes physiques existants. Par exemple, le stress se reflète souvent sur l'aura sous forme d'irrégularités ou d'enchevêtrements et peut provoquer des maladies ou faire empirer des pathologies existantes.

Vous pouvez purifier, soigner et renforcer les auras de vos amis, de vos proches ou de vos clients, avec leur permission. Si la personne est malade, demandez-lui si elle aimerait guérir. Si votre proposition est acceptée, c'est qu'il devait en être ainsi.

COMMENT IDENTIFIER LES DIFFÉRENTES COUCHES DE L'AURA

Les sept couches de l'aura apparaissent sous la forme d'un halo arc-en-ciel en forme d'ellipse autour du corps. Encore une fois, rappelons qu'elles sont plus facilement visibles au niveau de la tête et des épaules.

Demandez à votre vision psychique de vous montrer les sept couches, tout comme vous l'avez fait pour les auras de l'humeur et de la personnalité lors des exercices précédents. Détendez-vous et observez, les yeux mi-clos. Au besoin, fermez et rouvrez lentement les yeux, deux ou trois fois, en vous regardant dans un miroir, ou en regardant la tête et les épaules de la personne à laquelle vous allez venir en aide.

Les sept couches de l'aura

Chaque couche de l'aura est renforcée par un chakra (les centres d'énergie invisibles du corps), qu'elle alimente à son tour et dont elle reflète la couleur. Les conséquences d'un chakra bloqué ou hyperactif se manifestent dans les couches de l'aura et les chakras peuvent être soignés ou renforcés en travaillant directement sur l'aura. Les couleurs de l'aura se diffusent à partir du corps spirituel intérieur, dont les chakras font partie.

1. LA COUCHE ÉTHÉRIQUE : LA COUCHE INTERNE DE L'AURA

La première couche de l'aura est alimentée par l'énergie rouge du chakra de la base, ou chakra racine. Le marron, le noir et le gris émanent de ce chakra.

Cette couche de l'aura reflète votre instinct de base et votre santé physique globale. Elle inclut votre mécanisme de réaction de fuite ou d'attaque ainsi que votre endurance physique, qui énergise votre corps.

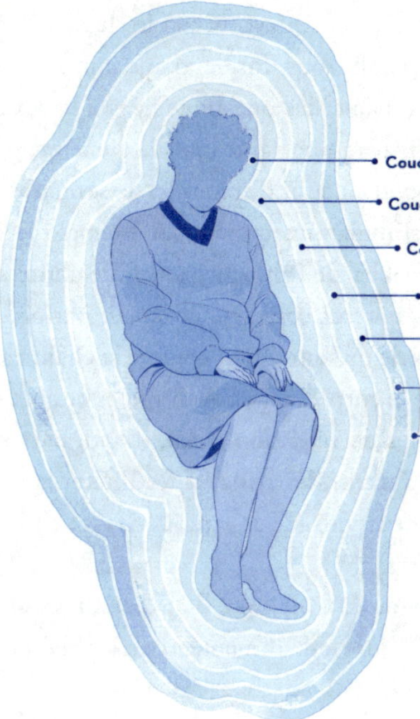

C'est le siège de la colère et de l'agressivité non maîtrisées, ainsi que de leurs contre-pieds positifs, la conscience aiguë des occasions à saisir et du danger et les mécanismes de survie.

La couche éthérique de l'aura, comme le chakra racine ou de la base, gouverne les jambes, les pieds et le squelette, y compris les dents, les articulations, les muscles, les structures des cellules, les intestins, la prostate, le système circulatoire et le côlon.

2. LA COUCHE ÉMOTIONNELLE : LA DEUXIÈME COUCHE DE L'AURA

La deuxième couche de l'aura est alimentée par le chakra sacré, orange. À ce niveau, l'aura apparaît sous forme d'une lumière orange ou argentée, en particulier lorsque des questions liées à la sexualité ou à la fertilité occupent une place importante dans la vie d'une personne.

Cette couche correspond au désir d'amour ou de sexe, d'approbation, de manger ou d'autres stimulations orales (par exemple le café ou la cigarette) ainsi qu'aux troubles de l'alimentation. Elle abrite aussi notre intuition ou notre *instinct viscéral*, comme on l'appelle parfois.

La couche émotionnelle de l'aura, tout comme le chakra sacré, gouverne l'eau présente dans le corps, et tous les troubles qui peuvent y être liés, comme les problèmes de rétention d'eau, d'hydratation, les hormones, le système reproducteur, les reins, la fertilité et la vessie. C'est une couche particulièrement sensible au stress.

3. LA COUCHE MENTALE : LA TROISIÈME COUCHE DE L'AURA

La troisième couche de l'aura est alimentée par le chakra du plexus solaire, jaune doré.

C'est la couche de l'aura qui reflète notre puissance personnelle, notre confiance, notre détermination et notre moi unique. Elle est souvent en surchauffe dans notre monde moderne compétitif, en activité 24 h/24.

La couche mentale et le chakra du plexus solaire gouvernent la digestion, le foie, la rate, la vésicule biliaire, l'abdomen, l'estomac, le pancréas, l'intestin grêle, le métabolisme, le bas du dos et le système nerveux autonome.

4. LA COUCHE ASTRALE : LA QUATRIÈME COUCHE DE L'AURA

La quatrième couche de l'aura est alimentée par le chakra du cœur, vert profond. Il arrive parfois que du rose émane de cette couche.

Cette couche d'aura contrôle la capacité à donner et à recevoir de l'amour, à comprendre les autres et à ressentir de l'empathie sans sombrer dans la culpabilité ou assumer trop de responsabilités.

Une fine couche de turquoise peut apparaître sur son bord extérieur, chez les personnes particulièrement altruistes et éveillées spirituellement.

La couche astrale domine le cœur, le buste et les seins, les poumons, les ganglions lymphatiques, la tension artérielle et la circulation sanguine, le haut du dos et la peau. Elle contrôle aussi les virus et les allergies.

5. LE MODÈLE ÉTHÉRIQUE : LA CINQUIÈME COUCHE DE L'AURA

La cinquième couche de l'aura est alimentée par le chakra de la gorge, bleu ciel.

Elle gouverne la créativité, la communication et l'écoute ainsi que la parole, la formulation, l'expression des idées et le développement d'idéaux. Impliquée dans le spectre autistique, cette couche de l'aura contrôle aussi les rêves.

Le modèle éthérique et le chakra de la gorge gouvernent la gorge et les organes de la parole, la thyroïde, le cou et les épaules, les conduits auditifs, la bouche et la mâchoire.

6. LE CORPS CÉLESTE : LA SIXIÈME COUCHE DE L'AURA

La sixième couche de l'aura est liée au chakra du troisième œil, indigo.

Au niveau de cette couche d'aura, qui gouverne l'imagination, l'inspiration, les cauchemars, les peurs et les phobies, le bien-être spirituel peut affecter le bien-être physique.

Le corps céleste et le chakra du troisième œil gouvernent les yeux, les sinus, les oreilles, les maux de tête (y compris les migraines), la glande pituitaire, le cervelet et le cerveau antérieur. Leur influence peut se ressentir jusque dans la partie centrale du cerveau.

7. LE MODÈLE KÉTHÉRIQUE OU CORPS CAUSAL : LA SEPTIÈME COUCHE DE L'AURA

La septième couche de l'aura est alimentée par le chakra couronne, associé au violet, qui peut aussi se fondre dans le blanc pur et le doré. C'est la couche d'aura de l'intégration totale des moi physique, émotionnel, psychologique et spirituel.

Le modèle kéthérique et le chakra couronne gouvernent la boîte crânienne, le système immunitaire, toutes les fonctions neurologiques, la partie supérieure du cerveau, le cortex cérébral, le télencéphale, le système nerveux central, la pousse des cheveux et la glande pinéale. Ils combinent le fonctionnement du corps, de l'esprit et de l'âme.

ÉVALUER LE BIEN-ÊTRE DES SEPT COUCHES DE L'AURA ARC-EN-CIEL GRÂCE AU POUVOIR DU TOUCHER

Cette technique vous permettra de ressentir les sept couches distinctes de l'aura grâce à la psychoscopie, ou toucher psychique, afin d'évaluer l'état global de votre aura et de remarquer tous les éléments significatifs dans les différentes couches. Vous pouvez la pratiquer avec vos amis ou vos proches, confortablement installé dans un fauteuil.

Faites confiance à ce que vos doigts vous transmettent par le toucher, mais aussi à ce que vous percevez grâce à votre vision clairvoyante, aux mots qui vous viennent à l'esprit ou à vos impressions. Vous finirez par commencer à percevoir ou même voir les couleurs.

Remarquez à quel niveau de l'aura vous observez des problèmes. Sentez-vous des nœuds ou des enchevêtrements pouvant être dus à un stress impossible à exprimer ouvertement, par exemple au niveau du modèle éthérique bleu ?

Commencez par la zone qui se trouve directement au-dessus de votre tête, à une distance d'un bras environ au-dessus de vos cheveux. Tendez les bras, paumes tournées vers le sol. Les bras toujours tendus, baissez-les lentement jusqu'à ce qu'ils soient tendus horizontalement, les paumes des mains tournées vers vos oreilles.

Gardez les mains immobiles, toujours éloignées de votre tête de la distance d'un bras. Vous devriez sentir comme un léger bourdonnement, une petite charge électrique et de la chaleur, presque comme des étincelles, à l'endroit où la limite extérieure de votre aura se fond dans le cosmos.

Si vous ne remarquez rien, rapprochez doucement les mains de votre corps, car votre aura pourrait être temporairement plus étroite, notamment si vous êtes fatigué(e), malade ou si vous vous sentez sous pression.

Une fois que vous l'avez localisée, suivez les picotements qui indiquent son bord, là où elle est en contact avec le cosmos, autour de votre tête et de vos épaules, en gardant toujours une main de chaque côté de votre tête.

Maintenant que vous avez détecté la couche la plus externe de l'aura, replacez vos mains dans la position centrale, au niveau du chakra couronne, là où vous avez senti les limites externes de l'aura et du cosmos.

Déplacez les mains vers l'intérieur, de part et d'autre de votre tête, à travers la septième couche de l'aura pour détecter par le toucher une sensation légère, presque collante, qui marque la limite interne de la septième couche de l'aura et la limite externe de la sixième couche de couleur indigo.

Une fois que vous l'avez trouvée, replacez bien les mains de part et d'autre de votre tête, en suivant toujours la forme de l'aura.

Répétez le geste vers l'intérieur de manière à localiser les six autres couches de l'aura, qui semblent de moins en moins éthérées lorsqu'elles fusionnent entre elles. La bordure intérieure de la couche d'aura interne (rouge) touchera presque vos cheveux.

Vous rencontrerez certainement une résistance lorsque vous passerez de couche en couche vers l'intérieur. Les énergies de l'aura produisent une légère ondulation (comme de l'air soufflé par un ventilateur très doux), que l'on ressent davantage au niveau des couches extérieures.

Une fois que vous aurez touché la totalité de l'aura, déplacez à nouveau les mains vers les limites extérieures, couche par couche, très lentement, en marquant des pauses afin de sentir ou ressentir toutes les zones sans vie, les nœuds, les enchevêtrements et les irrégularités.

Consigner vos observations

Après avoir évalué la santé de votre aura, dessinez une tête et des épaules sur une page de votre journal de bord et tracez sept couches autour d'elles, comme lors de l'observation des auras de l'humeur et de la personnalité. Inscrivez toutes les difficultés que vous avez pu ressentir, le cas échéant, lorsque vous avez pénétré dans chaque couche.

Créez des symboles pour représenter chaque type de problème : des zigzags pour les irrégularités, des nœuds pour les nœuds et des cercles vides pour l'épuisement. Si l'aura est pâle tout autour de vous, vous pouvez dessiner des lignes en pointillés dans chaque couche d'aura.

Des zones d'activité intense peuvent être représentées par des spirales superposées.

Vous trouverez instinctivement les couleurs et les teintes justes.

Notez si certaines couleurs sont complètement absentes ou supplantées par une autre couleur, et si c'est le cas, de quel côté.

PURIFIER ET ÉNERGISER L'AURA

Une fois par semaine, ou après avoir avez passé quelques jours harassants ou difficiles, utilisez un pendule en cristal de roche, conducteur de l'énergie blanche de la lumière, synthèse de toutes les couleurs qui, en traversant l'aura, libère spontanément les couleurs nécessaires, selon l'intensité adaptée.

Pour vous-même, travaillez sur la zone de l'aura située autour de la tête et des épaules. Les bienfaits se répercuteront sur l'ensemble du corps. Si vous travaillez sur une autre personne, vous pouvez déplacer le pendule sur la totalité de son aura, de la tête aux pieds, sur le devant et sur le dos, puisque cette dernière entoure la totalité du corps, comme une ellipse.

Purifier l'aura avec un pendule en cristal de roche

Consultez votre schéma et tenez le pendule de manière à ce qu'il se balance librement en tenant la chaîne dans votre main dominante.

Faites tourner le pendule très lentement en spirale dans le sens inverse des aiguilles d'une montre, depuis l'intérieur de l'aura vers l'extérieur, autour de votre tête et de vos épaules, depuis le bord externe de l'aura vers l'intérieur, en le laissant presque frôler vos cheveux, puis de nouveau vers l'extérieur, très lentement, comme pour tisser un filet de lumière.

Il se peut que vous constatiez des irrégularités à certains endroits, comme si une rangée d'épingles dépassait. Le pendule tournera rapidement en spirale dans le sens inverse des aiguilles d'une montre. Vous pourrez vous sentir légèrement nauséeux(se) ou grincer des dents. Ces irrégularités, qui peuvent se manifester sur plusieurs couches de l'aura, sont révélatrices d'une situation stressante.

Faites confiance au mouvement du pendule, suivez-le et vous saurez instinctivement dans quelle direction le déplacer et avec quelle intensité, toujours dans le sens contraire des aiguilles d'une montre, afin de démêler un nœud, ou de le laisser tourner en cercles concentriques pour apaiser des zones de couleurs particulièrement vives.

Si le pendule semble vouloir tourner soudainement dans le sens des aiguilles d'une montre, laissez-le faire. Si cela se produit, il est probable que la zone ait besoin d'un apport de lumière et d'énergie instantanées pour surmonter une résistance de l'aura, ce qui vous fera peut-être entrer dans un état de transe légère.

Le pendule tournera lentement et sans arrêt au-dessus d'une zone qui présente un nœud, comme s'il tirait lentement sur un fil. Les enchevêtrements ou groupes de nœuds se repèrent par un mouvement progressif d'avant en arrière du pendule, comme s'il tentait de se libérer de quelque chose.

Si l'aura est suractive dans une, deux ou trois couches, le pendule vibre rapidement et se balance d'un côté à l'autre. Il se peut que vous vous sentiez momentanément irritable ou excité. Continuez à faire tourner le pendule lentement, dans le sens inverse des aiguilles d'une montre, jusqu'à ce que cette sensation disparaisse.

Le pendule ralentira spontanément et s'arrêtera lorsque vous sentirez une énergie douce et vrombissante, comme si un petit radiateur avait été allumé.

Énergiser l'aura

Plongez le pendule neuf fois dans un verre d'eau puis placez-le quelques secondes au-dessus d'une bougie allumée ou devant une source de lumière naturelle.

Passez le pendule au-dessus de l'ensemble de l'aura, dans le sens des aiguilles d'une montre, de l'extérieur vers l'intérieur, puis à nouveau vers l'extérieur, en rythme, en visualisant les zones où les couleurs étaient fades ou les trous par lesquels l'énergie s'échappait.

Pour refermer un trou, faites tourner le pendule au-dessus en continu, en petits cercles lents, dans le sens des aiguilles d'une montre, comme si vous le coloriiez.

Vous remarquerez peut-être que le pendule revient sur des zones précises de l'aura. Cela signifie qu'il se connecte aux zones problématiques qui nécessitent qu'on leur insuffle davantage de puissance.

Lorsque l'aura sera pleinement énergisée, le pendule ralentira.

Pour terminer, formez trois cercles dans le sens des aiguilles d'une montre au-dessus de la tête, à hauteur de bras, pour sceller les énergies. Si vous souhaitez plus d'informations sur les techniques pour sceller l'aura, reportez-vous au chapitre 9 (page 97).

Plongez à nouveau le pendule neuf fois dans l'eau puis laissez-le sécher à l'air libre.

Vérifier vos résultats

Observez à nouveau l'aura avec le pendule et créez un nouveau schéma. Passez le pendule en particulier sur les zones qui posaient problème afin de purifier et/ou de dynamiser l'aura.

Dans le chapitre suivant, je vous présente
d'autres techniques pour purifier, soigner et renforcer l'aura.
À vous de choisir celle qui vous convient le mieux.

6

RENFORCER L'AURA ET LA GARDER EN BONNE SANTÉ

Le fait de prendre soin de votre aura peut s'intégrer à votre routine quotidienne, même si vous manquez de temps. Apporter des changements durables à certaines couches de l'aura peut nécessiter plusieurs semaines voire plusieurs mois de travail. Vous pouvez par exemple avoir envie de surmonter une humeur négative systématiquement déclenchée par un événement ou une personne spécifiques ou de modifier, d'affirmer un trait de caractère particulier ou même de souhaiter traiter un problème de santé lié à l'une des couches de l'aura.

En travaillant régulièrement sur votre aura, vous pourrez soigner des troubles physiques et émotionnels et facilement les empêcher de se à l'avenir.

REMPLIR VOTRE AURA DE LUMIÈRE, DE PUISSANCE ET D'HARMONIE

Une fois par mois ou avant une occasion particulière (entretien important, rendez-vous spécial), remplissez votre aura de la lumière et de la puissance du cosmos et faites-la rayonner afin d'attirer spontanément les circonstances, les opportunités et les personnes favorables.

Pratiquée régulièrement, la technique suivante aide à soulager les maladies chroniques ainsi que les douleurs et les malaises de cause inconnue.

Créer votre aura de charisme arc-en-ciel

Travaillez à la lumière du jour, de la lune ou à la lumière blanche et pure d'une bougie. Levez les bras et formez une arche au-dessus de votre tête, les mains recourbées vers l'intérieur comme pour former une coupe, sans toucher vos cheveux (gardez les mains à distance d'un bras de la tête).

Ensuite, tendez les bras et pointez les doigts vers le ciel, les mains côte à côte, les paumes tournées vers l'extérieur. À voix haute ou dans votre tête, demandez à Dieu/à la Déesse, aux archanges Gabriel ou Raphaël (tous deux anges de la guérison) ou à votre ange gardien de vous baigner de lumière et de faire en sorte que seuls le bien et la guérison puissent pénétrer en vous. Vous pouvez également lui demander de vous aider à guérir d'un mal précis.

Visualisez une lumière éclatante transmise sous forme de rayons d'une lumière pure, dorée et blanche, qui entrerait par la pointe de vos doigts et descendrait dans vos mains puis formerait une spirale à travers votre aura, pour vous envelopper. Il se peut que vous ressentiez des picotements et aperceviez des étincelles dorées autour de vos mains.

Gardez les mains dans cette position jusqu'à ce que vous sentiez que la totalité de votre aura vibre de puissance et irradie.

Formez à nouveau une coupe avec vos mains au-dessus de votre tête. Toujours à distance d'un bras, tournez les paumes vers l'intérieur, les doigts entrelacés et recourbés, et ramenez-les harmonieusement vers vous jusqu'à ce qu'elles perçoivent les étincelles le long de la bordure externe de l'aura, au-dessus de votre tête, toujours blanches et dorées.

En descendant, laissez vos mains se séparer, toujours à distance d'un bras par rapport au corps, pour parcourir le bord externe de l'aura.

À mesure que vos mains descendent, lentement, vous sentirez que la lumière passe du violet à l'indigo, puis au bleu, au vert, au jaune, à l'orange et au rouge, et pénètre dans chaque couche de l'aura jusqu'à la couche rouge la plus intérieure, qui entoure le corps.

Lorsque vous atteignez vos pieds, formez à nouveau une coupe avec vos mains, pour regrouper les couleurs de l'aura sous forme d'une lumière blanche et dorée.

Reformez l'arche initiale avec vos mains en les faisant remonter de part et d'autre de votre corps jusqu'à ce qu'elles retrouvent leur position au-dessus de votre tête.

La lumière blanche et dorée de la coupe formée au niveau de vos pieds agrémentera votre aura de scintillements ou d'étoiles.

Répétez l'exercice six fois depuis le début, en travaillant depuis la couche externe de l'aura vers la couche interne, en laissant les énergies pénétrer ses sept couches.

Il se peut que vos doigts picotent ou étincellent.

Une fois que vous aurez terminé les sept répétitions, vous sentirez ou verrez que votre arc-en-ciel est de plus en plus éclatant et net et qu'il vous enveloppe complètement en formant une ellipse tout autour de vous. Vous aurez l'impression d'être enfermé(e) dans une bulle arc-en-ciel, de flotter dans un liquide chaud qui se répand au-delà de vous, jusqu'au cosmos.

Enfin, secouez les doigts, toujours à distance d'un bras au-dessus de votre tête, pour que les dernières étincelles d'énergie blanche et dorée descendent en cascade autour de vous, pour que vous vous sentiez protégé(e) et ouvert(e) à de nouvelles expériences.

Lorsque vous avez terminé, plongez les mains dans de l'eau préalablement infusée d'un morceau d'améthyste ou de cristal de roche pendant huit heures. Essuyez-vous les mains avec une serviette douce.

Remerciez vos guides et vos anges puis reprenez le cours de votre vie et impressionnez tout le monde !

TROIS MÉTHODES TRÈS RAPIDES POUR QUE VOTRE AURA RESTE ÉCLATANTE ET SAINE

Avec de l'eau

Si vous avez besoin d'un regain d'énergie, plongez les mains dans un saladier rempli d'eau froide dans laquelle vous aurez préalablement fait tremper pendant huit heures un morceau de cristal de roche, ou d'améthyste si vous vous sentez déséquilibré(e) ou agité(e).

Parsemez des gouttelettes d'eau sur vos cheveux et dans l'air qui entoure la couche la plus externe de l'aura, tout autour du corps, à distance d'un bras.

Répétez ce geste jusqu'à ce que vous vous sentiez revigoré(e).

Pour terminer, envoyez quelques gouttelettes devant vos pieds.

Pour traiter des besoins précis, reportez-vous au chapitre 7 (page 73) pour connaître les eaux de cristaux à préparer pour renforcer les différentes couches de l'aura.

Avec des cristaux

Pour régénérer rapidement votre aura, utilisez une pointe de cristal de roche ou un morceau de cristal de roche allongé et pointu. Tenez-le dans votre main dominante, pointé vers l'extérieur, et faites-le tourner en créant une spirale. Débutez à distance d'environ un bras au-dessus de votre tête, en le faisant entrer et sortir de votre aura, en décrivant alternativement des spirales dans le sens des aiguilles d'une montre et dans le sens inverse, jusqu'à frôliez vos cheveux. Faites-le tourner de plus en plus vite autour de votre tête et de vos cheveux, toujours à distance d'un bras, pendant deux à trois minutes. Faites-le ensuite descendre sur le côté gauche de votre corps, en continuant à le faire entrer et sortir de votre champ énergétique, puis faites-le passer devant vos pieds et remonter par la droite jusqu'au-dessus de votre tête, toujours à la même distance de votre corps.

Une fois votre vitesse de rotation maximale atteinte, continuez à répéter le mouvement, mais de plus en plus lentement, jusqu'à immobiliser le cristal, pointe vers le haut, au-dessus de votre tête.

Tournez ensuite la pointe vers vous, placez-la devant vos sourcils puis devant votre gorge et enfin devant votre cœur, en disant :

Au-dessus de moi, la lumière (au-dessus de la tête),

En moi, le rayonnement (sourcils),

Que je sois rempli(e) (gorge),

D'amour dans mon cœur.

Consultez les listes des chapitres 1 et 2 pour trouver les cristaux adaptés. Si vous ne disposez pas de cristaux pointus, choisissez des pierres polies allongées.

Avec des parfums

Utilisez des bâtons de fumigation de sauge de quelques centimètres de long, ou un bâton d'encens classique à la lavande, à la rose, au romarin, à la sauge ou au bois de santal.

Choisissez la senteur adaptée à la couche d'aura qui nécessite particulièrement votre attention, en vous reportant aux chapitres 1 et 2 (respectivement page 1 et page 15).

Allumez le bâton et diffusez la fumée en effectuant des cercles dans le sens des aiguilles d'une montre puis dans le sens inverse, le bras tendu, au-dessus de votre tête puis autour de vos pieds, jusqu'à ce que vous sentiez que les énergies changent.

Accomplissez ce rituel en extérieur ou dans une pièce bien aérée. Quand vous avez terminé, laissez le bâton finir de se consumer dehors, en lieu sûr.

Dépolluer

Si l'atmosphère de votre foyer ou de votre lieu de travail est toxique, vous pouvez débarrasser votre aura de cette pollution en inspirant la lumière et en expirant la noirceur. Cette technique est efficace quand vous avez envie de changer d'humeur, quand vous avez conscience d'une situation qui fait ressortir un aspect négatif de votre personnalité ou quand vous souhaitez purifier votre aura, partiellement ou en totalité. Vous pouvez pratiquer cet exercice si vous sentez un mal de tête arriver, lié à la sixième couche de l'aura (indigo), ou si vous souffrez de symptômes liés au syndrome prémenstruel (gouverné par la seconde couche de l'aura, orange) alors que vous devez animer une réunion.

Isolez-vous pendant une minute ou deux. Si vous n'en avez pas la possibilité, mais que l'atmosphère est tendue, vous pouvez le faire discrètement dans la pièce.

Respirez en couleurs pendant que vous faites la queue au supermarché ou que vous attendez votre train. Cette technique est rapide et efficace pour équilibrer votre aura si vous êtes stressé(e) ou venez de faire face à des situations ou à des personnes difficiles.

Inspirez et expirez en visualisant votre souffle de différentes couleurs. Vous pouvez également pratiquer cet exercice le matin pour dynamiser votre aura, si vous avez mal dormi ou si votre journée s'annonce éprouvante, ou le soir pour vous détendre et sombrer paisiblement dans le sommeil. Évacuez la négativité de votre aura en l'expirant sous forme de couleurs sombres, ternes ou troubles. Puis équilibrez-la en inspirant des teintes plus claires et éclatantes. Pour purifier et énergiser la totalité de votre aura, imaginez que vous inspirez une lumière blanche ou dorée et que vous expirez une lumière noire ou grise.

LES COULEURS À UTILISER

Si vous souffrez d'une maladie, reportez-vous au chapitre 5, qui précise les zones du corps ou de l'esprit qui nécessitent votre attention, afin de pouvoir diriger la guérison et l'énergie vers la zone de l'aura concernée. Si vous ne vous sentez pas comme d'habitude, expirez la couleur de l'aura de l'humeur qui cause ce problème et inspirez une teinte plus douce. À l'inverse, si la couleur de la zone qui pose problème est particulièrement terne ou présente des trous, inspirez une teinte plus éclatante de cette même couleur.

Une autre méthode, plus puissante, consiste à utiliser la couleur « antidote » équilibrante associée à chaque couleur. Vous pouvez utiliser des teintes plus douces de la couleur antidote pour contrebalancer une couleur d'aura trop vive et des teintes plus éclatantes lorsque les couches de l'aura sont ternes ou trouées. Essayez ces deux techniques et découvrez celle qui fonctionne le mieux pour vous.

Si possible, faites une évaluation instantanée de l'aura de l'humeur puis de l'aura de la personnalité et, pour terminer, des sept couches de l'aura en vous regardant dans un miroir ou une autre surface réfléchissante.

À force de pratique, cette étape deviendra inutile car vous saurez intuitivement quelle couche de l'aura a besoin d'être soignée.

Commencer la respiration des couleurs

Inspirez profondément et lentement par le nez (un… et… deux… et… trois) et retenez votre respiration en comptant à nouveau jusqu'à trois. Expirez lentement par la bouche, en soufflant, toujours en comptant jusqu'à trois. Vous pouvez le faire discrètement si vous n'êtes pas seul(e) Il existe différentes techniques de respiration comptée. Essayez-en plusieurs pour trouver celle qui vous convient le mieux.

Recommencez cinq ou six fois.

Visualisez l'air que vous inspirez sous forme d'une lumière blanche ou dorée pure.

Expirez lentement en imaginant que vous faites sortir une brume noire et que votre corps devient plus léger et harmonieux.

Ralentissez encore votre rythme respiratoire et laissez une lumière dorée ou blanche se répandre dans votre aura (un… et… deux… et… trois… et… quatre), retenez votre respiration et expirez en comptant à nouveau (un… et… deux… et… trois… et… quatre).

Recommencez en visualisant que la brume que vous expirez est de plus en plus claire à mesure que vous évacuez la négativité, jusqu'à ce que vous n'expiriez qu'une brume transparente. Votre aura est alors purifiée.

Vous pouvez adapter cette technique en utilisant les antidotes de couleurs présentés ci-dessous.

La couleur de l'expiration permet de chasser la négativité et celle de l'inspiration de faire entrer le calme ou l'énergie, selon ce dont vous avez besoin. Les couleurs les plus chaudes (rouge, jaune et orange) sont stimulantes tandis que les couleurs plus froides (bleu, vert et violet) apaisent et renforcent en douceur.

COULEURS ANTIDOTES POUR L'AURA

ROUGE, PREMIÈRE COUCHE, ÉTHÉRIQUE : bleu

ORANGE, DEUXIÈME COUCHE, ÉMOTIONNELLE : indigo

JAUNE, TROISIÈME COUCHE, MENTALE : violet

VERT, QUATRIÈME COUCHE, ASTRALE : orange ou bleu

BLEU, MODÈLE ÉTHÉRIQUE, CINQUIÈME COUCHE : rouge

INDIGO, CORPS CÉLESTE, SIXIÈME COUCHE : orange

VIOLET, MODÈLE KÉTHÉRIQUE, SEPTIÈME COUCHE : jaune

Antidotes pour les autres couleurs de l'aura :

NOIR : blanc

MARRON : jaune ou bleu

DORÉ : argenté

GRIS : blanc

MAGENTA : bleu vif

ROSE : bleu ciel profond ou bleu foncé

ARGENTÉ : doré

TURQUOISE : vert ou bleu clair

BLANC : argenté ou teinte de blanc contraire, par exemple blanc laiteux versus blanc dur, blanc éclatant versus blanc pâle

CRÉER DES REMÈDES ANTIDOTES

Les couleurs antidotes, par exemple les teintes plus douces ou plus vives d'une couleur d'aura problématique, peuvent être apportées par des cristaux, des fleurs ou des aliments, en allumant des bougies, en portant des vêtements d'une couleur adaptée ou en visualisant la couleur ou la teinte nécessaire.

Si vous n'avez pas d'élément de la bonne couleur à proximité, allumez simplement une bougie blanche. Imaginez que la couleur dont vous avez besoin émane de la flamme sous la forme d'un rayon de lumière colorée.

Cristaux antidotes

Les cristaux, notamment portés en bijoux, peuvent permettre de traiter des maladies chroniques associées à une couche d'aura précise ou de modifier une humeur récurrente ou un trait de caractère indésirable. Vous pouvez aussi placer un cristal de la couleur souhaitée dans votre poche (un pour chaque couche d'aura si la totalité de l'aura est déséquilibrée), en disposer dans des coupes chez vous ou au bureau, et en plonger dans de l'eau que vous pourrez boire, verser dans votre bain ou éclabousser sur votre aura en cas de stress.

Vous pouvez aussi inspirer la couleur antidote : formez une coupe avec les mains, dans laquelle vous poserez le cristal et placez les mains devant votre bouche. Inspirez et expirez doucement pour absorber les pouvoirs du cristal.

Les cristaux associés à chaque couche de l'aura sont présentés dans les chapitres 1 et 2 (respectivement pages 1 et 15). Pour découvrir comment préparer des eaux de cristaux, reportez-vous au chapitre 7 (page 73).

Parfums

Le parfum des herbes et des fleurs, qu'il se diffuse sous forme d'encens, d'huiles utilisées dans un diffuseur ou un brûle-parfum, de bougies parfumées ou, mieux encore, de bougies naturelles, renferme une force vitale pure qui soigne et renforce les différentes couches de l'aura.

Inspirez les couleurs de l'aura associées à ces parfums (voir pages 5-13), vous inspirerez aussi leurs pouvoirs. Un jardin aromatique baigné de la lumière du soleil ou de la lune est un lieu idéal pour réparer l'aura. Vous pouvez aussi tout simplement respirer des plantes aromatiques en pot dans votre cuisine.

Ajoutez des huiles ou produits parfumés à l'eau de votre bain ou tapotez du parfum ou des huiles dans le creux de vos poignets. Mélangez deux ou trois parfums dans un diffuseur ou faites brûler plusieurs bougies de parfums différents afin de travailler sur plusieurs couches de l'aura en même temps.

Dans le chapitre suivant, nous travaillerons sur les auras collectives du foyer ou du lieu de travail et interpréterons ce qui se produit entre différentes personnes au bureau ou lors d'un rassemblement grâce aux interactions de leurs auras.

7

LES AURAS À LA MAISON ET SUR LE LIEU DE TRAVAIL

Lors de nos interactions avec nos voisins, nos amis, les membres de notre famille et nos collègues, dans le cadre de notre travail ou de tout autre événement, les auras révèlent des informations cachées. En étudiant les connexions entre les auras, vous pourrez presque instantanément comprendre la dynamique d'une situation, éviter les écueils et voir les possibilités d'établir des relations positives, même avec les personnes difficiles.

COMMENT ÉTUDIER LES INTERACTIONS ENTRE AURAS ?

Les auras des différents membres d'une famille, des collègues sur leur lieu de travail ou des personnes qui assistent à un rassemblement sont en interaction constante, de manière positive ou négative. Il arrive que certaines essaient de dominer ou manipuler les autres (attention aux jaunes et verts troubles) ou qu'elles fusionnent, comme une mer en mouvement constant, afin de créer une aura collective harmonieuse, à la maison ou sur le lieu de travail.

Il est assez simple de lire les interactions. On peut distinguer des lignes à n'importe quel niveau de l'aura de l'émetteur, même si elles partent le plus souvent à hauteur des sourcils, entre les yeux ou juste au-dessus. Elles sont reçues au même niveau.

CAPTER LES INTERACTIONS DES AURAS

Détendez-vous, fermez les yeux à demi et laissez votre regard vagabonder entre les personnes d'un groupe, qu'il s'agisse de vos proches, de vos collègues, des participants à un séminaire ou d'un rassemblement plus important tel qu'un mariage ou une remise de diplôme.

Observez les lignes et les différentes teintes de couleurs qui se déplacent entre les personnes. Remarquez les individus qui n'ont aucune ligne qui les relie à d'autres, ou qui émettent beaucoup, mais ne reçoivent aucune connexion en retour. Remarquez aussi quelles sont les personnes qui reçoivent beaucoup d'attention, mais ne répondent pas sur le plan émotionnel. Soyez également attentif(ve)s aux nœuds obscurs ou aux teintes trop vives sur les lignes.

Les rayons de l'aura de l'amour sont toujours puissants. Notez s'ils sont d'un vert petit pois ou pâle, qui suggèrent la possessivité et un amour non partagé, ou d'un vert profond, qui traduit la réciprocité.

TRAVAILLER SUR LES AURAS AU SEIN D'UNE FAMILLE, D'UN LIEU DE TRAVAIL OU AU COURS D'INTERACTIONS SOCIALES

Des rayons reliés entre eux indiquent souvent des liens entre auras de l'humeur. Toutefois l'aura de l'humeur peut être influencée par l'aura de la personnalité sous-jacente, notamment en cas de conflits de personnalités refoulés ou de compatibilités fortes.

Une compatibilité très forte se produit lorsque des personnes s'aiment. Par exemple, lorsque deux personnes amoureuses se trouvent côte à côte, leurs auras semblent fusionner.

Si un rassemblement familial, social ou professionnel est source de conflit, repérer les interactions des auras peut vous aider à comprendre les dynamiques sous-jacentes, éviter les écueils et trouver quelle est la personne qui crée les difficultés. En effet, votre gentille grand-tante, le poltron du bureau ou le membre de longue date du club de la salle de sport qui soulève de la fonte avec entrain dans son coin pourrait bien être celui ou celle qui sème la zizanie en douce.

Étudiez les auras de groupe partout, quand vous sortez le soir avec vos ami(e)s, lors d'un dîner en famille, d'un mariage, lorsque vous rencontrez de nouveaux membres de votre famille, lorsque vous commencez un nouvel emploi ou lors de tout autre rassemblement. Ce que disent les gens et leur langage corporel, qui peut être contrôlé, ne reflètent pas forcément ce qui se passe en eux.

Prenez des notes sur le vif, dans votre téléphone, afin de ne pas oublier ce que vous avez perçu. Si vous êtes à une soirée, vous pouvez aussi les griffonner sur une serviette en papier.

Après coup, dessinez les dynamiques du groupe sur une grande feuille. Dessinez un cercle pour chaque sujet observé et inscrivez-y son nom. Dessinez les lignes représentant les interconnexions avec des crayons ou des feutres très fins de toutes les nuances de couleurs nécessaires.

Tracez un trait pour chaque rayon qui part d'un individu vers une autre personne, et un autre trait pour les rayons qui reviennent vers lui/elle. Indiquez le sens des rayons par une flèche à l'extrémité du trait.

Si un rayon n'a pas atteint la personne visée, remplacez la pointe de la flèche par un trait vertical.

Une fois que vous aurez tracé tous les rayons entre les personnes, votre dessin ressemblera certainement à une toile d'araignée. Quel est le sujet vers lequel le plus de flèches sont dirigées ? Qui en envoie le plus et essaie d'être la vedette de la soirée ? Les différents membres de la famille ou invités de la fête communiquent-ils entre eux ? Si oui, leurs échanges et leurs intentions sont-ils positifs ? Observez les différentes nuances de couleur et vous pourrez distinguer si un individu s'est retrouvé isolé, de son plein gré, en envoyant des rayons déplaisants.

Distinguez-vous des auras avec des lignes courbes, comme des tentacules, qui représentent la manipulation ou la possessivité ? À l'inverse, observez-vous des rayons chaleureux, qui se déploient dans toutes les directions comme les rayons du soleil ? Parfois, même quand une personne semble extravertie en paroles et en actes, elle peut émettre des rayons fermés, compacts ou brumeux et opaques.

Suivez les différentes lignes jusqu'à leur extrémité ou jusqu'à la personne la plus proche de leur extrémité s'ils s'arrêtent avant leur but et se dispersent.

IDÉES POUR ORGANISER DES RASSEMBLEMENTS JOYEUX

Si les personnes présentes et le lieu vous sont familiers (par exemple votre lieu de travail), vous verrez facilement émerger des schémas récurrents et serez en mesure de prévoir comment détourner les rayons négatifs et intensifier les rayons positifs. Avec le temps, vous noterez que cette brume, ce brouillard ou ces éclaircies, à la maison comme au bureau, génèrent une aura collective s'étendant au-dessus de toutes les personnes présentes, qui peut persister même en l'absence de ceux qui la créent.

Cela peut générer une bonne ou une mauvaise atmosphère et créer des connexions d'auras négatives, même entre des individus habituellement paisibles. Voici différentes idées pour créer des rassemblements heureux, que ce soit chez vous, au travail ou pour d'autres occasions.

Ces actions peuvent être adaptées au lieu de travail, par exemple lorsque lors d'une réunion, des individus semblent générer de la négativité avant même de prendre la parole ou si l'atmosphère devient instantanément déplaisante ou excessivement froide et compétitive. Dans les bâtiments très fréquentés tels que les clubs de sport, les bureaux, les maisons et les bars, une aura collective se construit sur plusieurs mois ou années. Prenez le temps d'observer et de comprendre si le lieu possède une aura indépendante qui a besoin d'être modifiée, notamment si les personnes qui le fréquentent sont constamment en train de se disputer ou de s'absenter de leur travail en raison du stress.

Avec des cristaux

Les cristaux constituent le moyen le plus efficace et le plus simple pour restaurer l'harmonie de l'aura. Placez des coupes contenant des cristaux de plusieurs couleurs dans les pièces de vie ou les bureaux afin de détourner les problèmes. Vous pouvez aussi les disposer dans un petit sachet ou une trousse que vous pouvez emporter avec vous dans les lieux où l'énergie collective négative est intense ou ceux où les gens se disputent beaucoup. Préparez des eaux de cristaux et proposez-les à boire chez vous, lors de soirées ou au bureau. Il est aussi possible de disposer des fleurs coupées dans des coupes remplies de ces eaux.

Vous pouvez utiliser :

- des cristaux aux teintes douces (agate bleue, améthyste, calcédoine bleue ou rose, jade, calcite rose ou mangano, toutes les fluorites, opales et pierres de lune) pour encourager les interactions d'amour et de douceur chez vous ou pour atténuer les auras individuelles dominantes et rudes ou une aura de lieu de travail trop compétitive.

- des cristaux aux teintes vives (œil de tigre marron, ambre, cornaline, cristal de roche, citrine jaune étincelante, grenat et diamant d'Herkimer) afin de contrer les interactions froides ou le manque de communication et de raviver l'enthousiasme.
- des cristaux forts (lapis-lazuli bleu, sodalite, sugilite violette et malachite noire ou verte) pour apaiser la panique et l'anxiété et favoriser la communication honnête et ouverte.
- des cristaux sombres et nébuleux (quartz fumé, larme d'Apache, quartz rutile, obsidienne et silex poli) pour absorber les vibrations de colère ou de confrontation, la méchanceté et le sarcasme.

Avec des parfums

Les plantes et les herbes aromatiques forment un bouclier pour l'aura psychique et apaisent l'irritabilité et l'hyperactivité.

- Incorporez des herbes fraîches ou séchées à vos recettes. Reportez-vous aux chapitres 1 et 2 pour connaître les associations de couleurs.
- Utilisez la menthe et le romarin pour contrer la méchanceté, la sauge pour apaiser la colère et l'irritabilité, le basilic pour favoriser le bien-être, la camomille pour encourager la gentillesse et le gingembre pour générer de l'enthousiasme et de l'optimisme.

Avec des sources de couleurs

Vous pouvez essayer :

- d'allumer des bougies bleu, rose ou vert pâle pendant le dîner ou dans une pièce lors d'une réunion familiale ou amicale, pour créer des interactions chaleureuses et apaiser crises de colère, attitudes rigides ou angoisses.

- de disposer des oranges, des pêches jaunes, des pommes vertes, des bananes jaunes, des prunes rouges, des myrtilles, des groseilles, du cassis ou du raisin noir, rouge ou vert dans des coupes à différents endroits d'une pièce pour ranimer des auras fatiguées et diminuer des ressentiments persistants. Les gens choisiront instinctivement le fruit dont la couleur correspond à ce dont leur aura a le plus besoin à cet instant pour s'équilibrer.
- de proposer des noix et graines marron pour éviter la panique et apaiser l'hyperactivité.

Préparer des eaux de cristaux

Si vous avez besoin d'un résultat rapide, utilisez les eaux de cristaux. Mélangez-les à du thé, du café ou du jus (une goutte ou deux suffisent) ou buvez-les telles quelles, comme un antidote contre les individus dominateurs ou en cas d'aura collective négative.

Choisissez des cristaux de la teinte et de la couleur adaptées. Si vous souhaitez contrer une couleur très vive, utilisez un cristal antidote de teinte douce, et inversement.

Les élixirs de cristaux peuvent aussi servir à renforcer ou à soigner votre aura.

Placez le(s) cristal(aux) dans une carafe ou une bouteille à large goulot et remplissez le récipient d'eau jusqu'aux deux tiers de sa hauteur.

Adaptez le nombre de cristaux à la quantité d'eau : un cristal pour 250 ml d'eau (un quart de litre), deux pour 500 ml, et ainsi de suite.

Si vous souhaitez agir sur différentes auras, vous pouvez choisir des cristaux de couleurs différentes. Une aura n'absorbera que les couleurs dont elle a besoin, quel que soit le nombre de couleurs présentes.

Pour une eau énergisante, utilisez du cristal de roche. L'améthyste et le quartz rose conviennent bien pour préparer une eau apaisante. Le quartz rose est aussi parfait pour l'amour et le jade pour qu'une aura fatiguée retrouve la santé, ainsi que pour encourager le vert fidèle de l'amour à briller plus intensément, s'il avait faibli.

Laissez les cristaux énergisants à la lumière du soleil pendant une heure environ. Il est préférable d'exposer les cristaux de teintes claires une fois la nuit tombée ou à la lumière de la lune.

Si vous souhaitez utiliser un cristal poreux ou toxique, par exemple une pierre métallique comme la pyrite ou la malachite verte, pour préparer votre eau, placez-le dans un petit bocal rempli d'eau. Fermez-le et faites-le flotter dans un récipient rempli d'eau pendant quelques heures. Utilisez l'eau dans laquelle le bocal a flotté. En cas de doute, consultez un livre sur les cristaux ou les pierres, par exemple mon *Guide des cristaux*.

ABSORBER DIRECTEMENT LES COULEURS

Expirer de la couleur constitue la manière la plus immédiate et puissante de diffuser des couleurs antidotes vers des personnes ou dans certaines situations.

Si possible, utilisez des sources de couleur naturelles, placées dans vos mains rassemblées en coupelle, ou touchez une fleur ou un fruit.

Vous pouvez absorber les énergies nécessaires à une aura à partir de n'importe quelle source de couleur : stylos utilisés lors d'une réunion, tableau au mur, bougie allumée, tissus de couleur (vêtements ou couvertures), objets peints en bois ou en céramique, jouets d'enfants ou même le bleu du ciel que vous apercevez par la fenêtre.

Si vous ne trouvez pas immédiatement une source de couleur, visualisez une large sphère de la couleur dont vous avez besoin.

Fixez directement la personne dont l'aura a besoin d'un coup de pouce, ou regardez vers le haut pour modifier une couleur d'aura collective. Inspirez la couleur par le nez puis expirez en soufflant doucement ou silencieusement en direction de la personne qui est sur le point de lancer son attaque.

Imaginez que vous envoyez des rayons de lumière colorée par votre troisième œil, entre vos sourcils, sous forme de lignes droites parallèles dirigées vers l'aura de l'individu qui en a besoin, ou vers le haut pour influer sur une aura collective.

À mesure que vous pratiquerez, vous sentirez que la couleur émane de vous puis qu'elle ralentit pour s'arrêter spontanément.

AURAS SUR LE LIEU DE TRAVAIL

Les auras peuvent vous aider à bien comprendre votre lieu de travail : qui détient les rênes du pouvoir, quelles alliances tacites se sont forgées et, si vous venez d'arriver, comment vous adapter au mieux à la culture d'entreprise et trouver vos marques. Si vous êtes manager, étudier les interconnexions entre auras pourra vous guider pour constituer des équipes qui fonctionnent et identifier les personnes qui pourraient tenter de contester votre autorité.

Comme précédemment pour les rassemblements festifs, commencez par noter les interactions et les connexions entre les auras des collègues avec lesquels vous travaillez au quotidien.

Observez ce qui change lorsqu'une personne est absente, car une ou deux fortes personnalités peuvent influer sur l'équilibre des pouvoirs et l'harmonie globale.

Représentez les différentes auras pour déterminer la source et la nature d'une éventuelle antipathie ou d'une attirance forte entre deux personnes qui semblent incompatibles. Y aurait-il une personne en manque d'affection qui essaierait de prendre les autres dans ses tentacules ? Lire les auras de deux ou trois personnes importantes pourrait bien modifier votre perception des rôles du méchant et de la victime et expliquer les dépendances mutuelles ou les jeux de pouvoir.

Observez tous les changements d'humeur significatifs qui se produisent au cours d'une journée. Pendant une dispute ou lorsque quelqu'un fait l'objet d'une critique, une aura peut devenir très claire ou moins éclatante. C'est parfois derrière la personne qui semble être la plus faible que se cache un tyran psychologique, qui pousse les autres à se sentir coupables (on distingue des teintes vertes troubles autour des vampires émotionnels).

Parfois, la victime puise l'énergie du tyran et est involontairement complice de ce qui se passe. Qui a le contrôle ?

Vous pouvez utiliser la même technique pour modifier l'aura collective du lieu de travail ou d'individus qui posent problème sur le lieu de travail que précédemment pour les auras de la maison et dans les rassemblements.

REFLÉTER LES AURAS

Une personne peut délibérément refléter l'aura d'une autre ou l'énergie globale d'un jury d'entretien ou d'un groupe de travail. C'est une tactique qui peut se révéler utile dans un contexte social ou professionnel.

Lorsque deux auras se mêlent, l'autre personne ou le groupe se détend à mesure qu'il sent que vous êtes comme elle/lui.

Elle réagit de manière plus positive à vos suggestions et, tout simplement, à votre simple présence.

Regardez en direction de la personne dont vous souhaitez refléter l'aura ou de l'un ou l'une des membres du jury ou autre comité de direction.

Concentrez-vous sur la(les) couleur(s) d'aura qui vous semble(nt) dominer ou sur l'aspect de la personnalité qui ressort le plus. Il peut s'agir d'un jaune doux qui reflète la logique, d'un bleu riche et vif (dans ce cas, adoptez un bleu un peu plus pâle afin de ne pas apparaître comme un concurrent) ou d'un vert profond qui inspire la compassion.

Vous allez maintenant attirer temporairement cette couleur d'aura prédominante pour qu'elle recouvre la vôtre.

En regardant la personne, ressentez combien vous l'appréciez et êtes d'accord avec elle.

Visualisez lentement que vous inspirez les rayons de sa couleur d'aura, les lèvres légèrement entrouvertes à chaque inspiration, et que vous expirez toute hostilité ou tout doute sous forme d'une brume claire.

Poursuivez jusqu'à ce que vous sentiez que votre aura change de couleur pour refléter celle de votre cible.

Dans le chapitre suivant, nous observerons les auras des animaux domestiques et verrons comment améliorer leur bien-être en soignant leur aura.

8

LES AURAS DES ANIMAUX DOMESTIQUES

Comme les humains, les animaux possèdent une aura. Savoir la lire et la comprendre vous aidera à anticiper l'humeur et les besoins de votre animal et à limiter ses problèmes de comportement. Les informations données par l'aura peuvent aussi aider à choisir le bon animal dans une portée ou un refuge.

IDENTIFIER LES COUCHES DE L'AURA D'UN ANIMAL

Les auras des mammifères et autres animaux de compagnie diffèrent de celles des hommes. Elles sont composées de trois ou quatre couches qui forment une ellipse horizontale autour du corps. Les différentes couches progressent vers l'extérieur, et la couche interne, appelée couche de l'espèce, frôle la fourrure ou les plumes.

Les trois principales couches de l'aura d'un animal (auras de l'espèce, de l'humeur et de la personnalité) sont reliées à ses trois chakras les plus actifs (respectivement chakra racine, sacré et du plexus solaire). Elles correspondent aux trois couches internes de l'aura des êtres humains.

Chaque créature possède également des petits chakras sensoriels qui absorbent les informations, dans chaque patte ou serre, sur la pointe des oreilles, autour de la truffe, au-dessus de chaque œil et sur les plumes des ailes et de la queue des oiseaux. Ils énergisent son aura de l'espèce, notamment pour la réaction de lutte ou de fuite.

L'aura des poissons, des reptiles et des insectes n'a, quant à elle, qu'une seule couche.

OBSERVER LES AURAS DES ANIMAUX

Chez les animaux sauvages et domestiques, la couche d'aura interne suit de près les contours du corps, les deux autres couches étant de moins en moins définies à mesure qu'elles s'éloignent de la fourrure ou des plumes. Lorsque l'animal se déplace, est en colère ou excité, l'aura part dans toutes les directions, notamment vers la couche de l'humeur qui prend ponctuellement le dessus sur les autres. S'il tente de dominer son maître ou d'autres animaux, c'est l'aura de la personnalité qui domine.

Chez les créatures joyeuses et en bonne santé, l'aura de la personnalité rencontre le cosmos et l'aura s'étend dans toutes les directions sur une distance équivalente à la longueur de la patte avant de l'animal. Chez les animaux à longues pattes, elle mesure entre un tiers et la moitié de cette distance. Vous pouvez ressentir cette aura de la même manière que celle des humains (voir chapitre 3, page 27).

Pour *voir* toutes les couches de l'aura, attendez que l'animal soit détendu. Fermez les yeux à demi et laissez votre regard vagabonder, comme pour observer les sept couches de l'aura humaine.

LA COUCHE DE L'AURA DE L'ESPÈCE

Les animaux de même espèce ont une aura de l'espèce de même couleur.

Cette couche est plus visible autour des pattes ou des serres, du dos et des parties génitales. Elle présente des ondulations et donne parfois l'impression d'être collée aux plumes ou à la fourrure.

Le chakra racine stimule directement l'aura de l'espèce.

Cette dernière est liée aux besoins physiques, dont celui d'accouplement, ainsi qu'à l'instinct territorial. Elle est plus forte chez les animaux sauvages, peu en contact avec les humains, et plus faible chez les animaux domestiques qui vivent en intérieur et se font caresser.

L'aura de l'humeur

C'est la couche du milieu de l'aura, la plus volatile, qui bouge constamment et émet des flashes et des étincelles. Elle communique avec le chakra sacré. L'aura de l'humeur est une clé pour comprendre les besoins et sentiments de l'animal et un excellent système d'alarme qui permet de saisir s'il est jaloux d'un nouvel arrivant ou s'il a envie de se battre.

L'aura de la personnalité

La couche de l'aura de la personnalité, qui forme la couche extérieure de l'aura, reste cohérente tout au long de la vie de l'animal.

S'il a subi un traumatisme (maltraitance, abandon), des vagues foncées et troubles l'obscurcissent.

L'aura de la personnalité est gouvernée par le chakra du plexus solaire et détermine la force de caractère de l'animal et ses particularités.

La couleur de cette couche est plus forte au niveau du haut du ventre et des épaules. Elle est souvent mate et lisse et peut être observée plus facilement lorsque l'animal est détendu ou endormi.

L'aura de l'âme

Les animaux intelligents, qui établissent des liens télépathiques forts avec leurs maîtres, de même que les chiens-guides pour les personnes handicapées et les chiens de sauvetage, possèdent cette couche d'aura supplémentaire. Elle correspond au chakra du cœur et sera plus visible au niveau du cœur, de la tête et des épaules. Elle peut être de couleur turquoise ou violette et se manifeste sous la forme d'une couche éthérée au-delà de l'aura de la personnalité.

COULEURS DE L'AURA D'UN ANIMAL

Rouge

AURA DE L'ESPÈCE : le rouge n'est pas une couleur d'aura chez les animaux domestiques, à l'exception des chats qui ont vécu en liberté avant d'être adoptés, ou issus d'une portée de chats errants, ou encore d'un étalon issu d'une lignée de chevaux sauvages. On distingue du rouge autour des requins et des orques, des animaux prédateurs, en particulier des chats des marais, des taureaux, des béliers et des oiseaux de proie.

AURA DE L'HUMEUR : le rouge vif est un signe de bonne santé et indique un besoin d'exercice ou d'activité stimulante, idéal avant une compétition. Si le rouge devient métallisé ou dur, cela indique que l'animal ressent de l'agressivité et pourrait attaquer un autre animal ou individu, même s'il est habituellement docile. Un rouge écarlate qui clignote signale que l'animal est prêt à s'accoupler.

AURA DE LA PERSONNALITÉ : une aura de la personnalité rouge indique un caractère intrépide et un goût de l'action. Un rouge vif révèle une agressivité naturelle et un rouge terne suggère de l'irritabilité ou de la brusquerie.

Un animal avec une aura de la personnalité rouge sera très attaché au respect de son territoire et prêt à attaquer les autres, même s'ils sont beaucoup plus gros que lui.

Orange

AURA DE L'ESPÈCE : les espèces indépendantes, qui vivent à l'écart des hommes, excepté pour récupérer des restes de nourriture, ont souvent une aura de l'espèce orange. C'est par exemple le cas des cerfs, lièvres, renards, sangliers et chats sauvages, ou des animaux fidèles dont le compagnon ou la compagne est mort, tels que les cygnes, les chevaux ou les gibbons.

AURA DE L'HUMEUR : une aura orange claire indique que l'animal est en confiance, mais qu'il n'aime pas être caressé. On rencontre fréquemment cette couleur chez les chats, qui sont souvent possessifs vis-à-vis de leurs jouets et de leurs lieux de sieste. Les animaux embêtés par des jeunes enfants arborent souvent une aura orange foncé. L'orange clair indique que l'animal est persécuté par d'autres animaux et l'orange éclatant qu'il désire s'échapper.

AURA DE LA PERSONNALITÉ : une aura de la personnalité orange est caractéristique des espèces solitaires par nature et qui manifestent leur amour à leur maître à leur manière. Ils ne peuvent pas être attirés par la ruse, sont heureux lorsqu'ils sont seuls et ne souffrent pas de solitude lorsque vous êtes au travail.

Jaune

AURA DE L'ESPÈCE : les animaux intelligents, qui communiquent avec les humains (chiens, chevaux, perruches et perroquets) possèdent généralement une aura de l'espèce jaune. C'est également le cas des animaux qui vivent en famille, tels que les gorilles, les orangs-outans et les chimpanzés.

AURA DE L'HUMEUR : une aura de l'humeur jaune clair indique que c'est le bon moment pour dresser l'animal, en particulier aux ordres verbaux. Un jaune moutarde terne est signe de jalousie, par exemple après l'arrivée d'un nouveau membre de la famille ou d'un nouvel animal.

AURA DE LA PERSONNALITÉ : une créature avec une aura de la personnalité jaune est facile à dresser, mais a aussi tendance à vite s'ennuyer. C'est un bon animal de compagnie si vous vivez seul(e), qui préfère souvent la compagnie des adultes à celle des enfants.

Vert

AURA DE L'ESPÈCE : les animaux domestiques qui sont naturellement loyaux et aimants vis-à-vis de leurs maîtres peuvent avoir une aura de l'espèce verte, de même que les animaux qui vivent en troupeau ou en colonie et que les créatures marines.

AURA DE L'HUMEUR : une aura de l'humeur verte suggère des relations relativement stables et aimantes de l'animal avec son propriétaire, qui s'intensifient lorsque ce dernier prend soin de l'animal et deviennent plus pâle s'il se sent triste, l'animal étant connecté à ses émotions.

AURA DE LA PERSONNALITÉ : le vert vif indique que l'animal aime d'un amour inconditionnel, mais ne supporte pas de rester seul longtemps. Une aura vert pâle signale qu'un membre de la famille est absent ou qu'un autre animal lui manque. Un vert terne suggère sa possessivité envers son maître.

Bleu

AURA DE L'ESPÈCE : une aura de l'espèce bleue, assez rare chez les animaux domestiques, caractérise davantage les animaux sauvages, tels que les éléphants, les dauphins et les baleines de même que les cigognes, grues, flamants roses, hérons et autres oiseaux gracieux à longues pattes.

L'aura de l'espèce des aigles et des faucons peut être teintée de doré tandis que celle de nuées d'oiseaux en vol ou des bancs de poissons peut être rayée de bleu argenté.

AURA DE L'HUMEUR : l'aura de l'humeur d'un animal bleu clair ou bleu ciel indique que votre compagnon anticipe vos pensées non dites, mais qu'il n'est pas d'humeur à se faire bousculer. Le bleu foncé suggère que ce n'est pas le bon moment pour changer sa routine, l'emmener chez le vétérinaire ou faire une grande promenade.

AURA DE LA PERSONNALITÉ : des auras bleu ciel ou turquoise indiquent une âme sage, connectée aux besoins des humains et capable d'accomplir des tâches complexes au service de personnes handicapées. Ces couleurs peuvent apparaître au niveau de l'aura de l'âme. Un animal qui arbore une aura bleue devra être l'animal dominant ou l'unique animal de la maison. Une aura bleu foncé signe un besoin d'avoir une routine et d'être dorloté.

Violet (y compris indigo)

AURA DE L'ESPÈCE : une aura de l'espèce violet pourpre caractérise les chats et les chevaux de race noble (avec ou sans pedigree), les papillons, les petits singes (marmousets et tamarins, par exemple), les chinchillas et les oiseaux exotiques (canaris, perruches, oiseaux de paradis et nectariniidés).

AURA DE L'HUMEUR : si l'aura de l'humeur d'un animal devient soudainement violet éclatant et qu'il semble fixer une chose invisible, il a peut être détecté la présence amicale d'un animal ou d'une personne décédée. Le violet pâle indique que votre animal altruiste a besoin de tendresse et de repos.

AURA DE LA PERSONNALITÉ : tout animal avec une aura de la personnalité violette est clairvoyant et a un don de voyance, établit des liens télépathiques forts avec vous et *vous* a choisi.

Si l'aura de votre animal devient violet pâle, il se peut qu'il ait décidé de poursuivre son chemin. Le violet pâle peut aussi apparaître dans l'aura de l'âme. Si c'est le cas de votre animal et qu'il semble ne pas apprécier un inconnu, méfiez-vous de lui.

Rose

AURA DE L'ESPÈCE : les femelles de toutes les espèces arborent une aura rose clair lorsqu'elles sont en gestation, qu'elles donnent naissance ou qu'elles s'occupent de leurs petits. Certains animaux de petite taille, souvent domestiqués, tels que les lapins et les cochons d'Inde ont en permanence une aura de l'espèce rose, en particulier les femelles.

AURA DE L'HUMEUR : on distingue souvent une aura de l'humeur rose clair (ou verte) chez les animaux très aimés, notamment ceux qui vivent au sein d'une famille. Ce rose s'intensifie si son propriétaire se sent seul ou mal-aimé, car l'animal lui envoie alors des vagues d'amour.

AURA DE LA PERSONNALITÉ : une aura de la personnalité rose est signe de patience et de douceur envers les jeunes enfants et les autres animaux, que ce soit chez un mâle ou chez une femelle. Un animal qui arbore cette aura prendra soin de ses congénères abandonnés, et sera le compagnon idéal d'une personne malade ou qui vit seule. Un animal avec une aura de la personnalité rose pâle peut être collant ou extrêmement angoissé.

Marron

AURA DE L'ESPÈCE : le marron est normalement visible dans l'aura de l'espèce de tous les animaux de compagnie, même ceux qui vivent en ville. Son absence indique que l'animal perd le contact avec son instinct naturel et qu'il est trop domestiqué. Les animaux qui passent du temps en plein air, par exemple les bêtes de somme, les ânes, les chats de ferme et les cochons et volailles élevés en liberté, arborent une aura de l'espèce marron-doré, de même que les animaux qui évoluent en groupe ou en meute, comme les loups, les ours, les lièvres ainsi que les abeilles qui vivent en essaim et certains oiseaux des jardins. Les lézards, les serpents et les reptiles arborent une aura de l'espèce brun sablonneux.

AURA DE L'HUMEUR : une aura de l'humeur marron clair ou profond, signe de contentement, est souvent arborée par les animaux qui passent du bon temps en plein air. Le marron pâle indique que l'animal a besoin de plus de contacts avec la nature. Une aura marron terne chez un animal âgé signifie qu'il a besoin de calme et de repos.

AURA DE LA PERSONNALITÉ : une aura de la personnalité marron clair est signe que l'animal est protecteur et qu'il apprécie de vivre au sein d'une famille d'humains, y compris avec des enfants ou d'autres animaux de la même espèce. Cela peut aussi suggérer que les membres de son foyer ou son propriétaire passent beaucoup de temps en plein air.

Gris

AURA DE L'ESPÈCE : le gris est associé aux animaux timides (hamsters, gerbilles, rongeurs, tamias, tortues de mer ou de terre), aux animaux nocturnes ou qui creusent des terriers, tels que les blaireaux, les hérissons et les taupes, aux papillons de nuit et à la plupart des autres insectes.

AURA DE L'HUMEUR : une aura de l'humeur grise suggère que l'animal cst temporairement stressé ou troublé. Une aura de l'humeur brumeuse indique qu'il a trouvé une autre source de nourriture ou un autre foyer.

AURA DE LA PERSONNALITÉ : quelle que soit l'espèce, cette couleur d'aura de la personnalité indique que l'animal est plus joyeux et dynamique le soir, qu'il trouve toujours un endroit où se cacher et stocker sa nourriture. Les animaux qui arborent cette couleur d'aura de la personnalité ne sont pas des animaux de compagnie.

Noir

AURA DE LA PERSONNALITÉ/DE L'HUMEUR : cette couleur est visible autour des animaux âgés ou malades, que la vie quitte progressivement, ainsi que chez ceux qui ont été abandonnés ou maltraités.

Si un animal arbore une aura noire métallisée ou dentelée, il est préférable de le laisser dans un refuge ou qu'il soit adopté par une personne en mesure de lui accorder beaucoup de temps et d'amour.

UTILISER DES CRISTAUX POUR GARDER L'AURA DE VOTRE ANIMAL EN BONNE SANTÉ

Avec les animaux, il est souvent plus simple et plus efficace de traiter l'aura dans son ensemble, puisque toutes les couches sont étroitement connectées. Vous pouvez utiliser des cristaux antidotes avec les techniques proposées ci-dessous pour des problèmes d'aura spécifiques, ou les remplacer par des cristaux génériques.

Pour garder l'aura d'un animal en bonne santé et raviver une aura ternie, placez quatre agates mousse ou arbre ou quatre petits morceaux de jade sous le coussin où dort l'animal, dans un coin de l'étable où à tout autre endroit où il a l'habitude de dormir.

Proposez-lui de l'eau dans laquelle vous avez fait tremper du jade ou de l'améthyste (s'il est particulièrement stressé) pendant une nuit.

Une fois par semaine, lorsque l'animal dort ou se repose, renforcez son aura et dissipez les énergies agressives en faisant tourner en même temps, à quelques centimètres au-dessus de lui, dans le sens des aiguilles d'une montre, unc citrine jaune étincelante ou un morceau de cristal de roche avec votre main dominante, et un morceau de quartz rose ou de calcite dans le sens inverse avec votre seconde main.

Déplacez les pierres autour de la totalité de l'aura, en formant des spirales vers l'intérieur puis vers l'extérieur, en frôlant sa fourrure puis en vous éloignant d'une distance équivalente à la moitié de la longueur de sa patte avant (un quart ou un tiers de cette longueur chez les animaux à longues pattes).

Utilisez la respiration des couleurs pour envoyer de l'énergie à un animal dont l'aura est pâle ou vacillante, signe d'anxiété. Pour cela, tenez une ou plusieurs pierres de la couleur adaptée dans votre main, inspirez sa couleur et expirez-la lentement en direction de l'animal.

Autre technique pour purifier et soigner l'aura de votre animal

Pour commencer, caressez très lentement votre animal sur le dos et la tête avec le bout des doigts de votre main dominante.

Placez vos mains quelques centimètres au-dessus de sa fourrure ou de sa peau et poursuivez votre geste, sans le toucher, en caressant l'air autour de lui et en suivant la forme de son corps.

Éloignez vos mains petit à petit, tout en continuant à suivre la forme de son corps jusqu'à ce que vous ayez la sensation que la connexion s'est interrompue. Vous êtes parvenu(e) au bord externe de son aura.

Rapprochez ensuite doucement vos doigts de lui, du bord externe de l'aura vers la fourrure, puis éloignez-les à nouveau.

Vous remarquerez que vos mains restent spontanément plus longtemps sur certaines zones ou certains points. Il peut même arriver que vous sentiez que quelque chose se dénoue.

Lorsque le nettoyage sera terminé, vos mains ralentiront et s'arrêteront naturellement, généralement au bout de cinq à quinze minutes.

Dans le dernier chapitre, nous verrons comment sceller et protéger votre aura et celle de vos animaux afin que vous soyez pleinement attentif(ve)s aux influences négatives et préservé(e)s d'elles.

9

SCELLER ET PROTÉGER L'AURA AU QUOTIDIEN

En scellant votre aura après l'avoir purifiée et renforcée, vous permettez aux énergies positives d'y pénétrer et vous éloignez la négativité et le stress excessif du quotidien qui, à long terme, affectent la santé et le bien-être.

SCELLER L'AURA PAR LA LUMIÈRE

En position assise ou debout, placez les mains face à face à la verticale, les paumes écartées de 5 à 8 cm.

Rapprochez vos mains l'une de l'autre jusqu'à ce qu'elles se frôlent puis écartez-les lentement, à nouveau de 5 à 8 cm, en les laissant toujours parfaitement verticales.

Répétez ce mouvement de rapprochement-écartement en réduisant progressivement l'écart maximal entre vos mains.

Vous sentirez qu'elles deviennent de plus en plus lourdes et sont attirées l'une vers l'autre comme des aimants. Elles vous sembleront même collées à mesure que les énergies de l'aura qui les entoure fusionneront.

Vous remarquerez peut-être un scintillement blanc-argenté autour de chaque main, tandis qu'il sera de plus en plus difficile de les séparer.

Quand l'écart entre vos paumes se réduit à 2 cm, tendez les bras et levez les mains au-dessus de votre tête, jusqu'à la limite de votre aura. Comme vous venez juste de la purifier et de l'énergiser, sa bordure externe sera tellement étincelante et vibrante que vous ne pourrez pas la manquer.

Formez une coupe au-dessus de votre tête, au niveau du bord externe de l'aura, les paumes de mains orientées vers le bas et les doigts joints.

Suivez lentement les contours externes de l'aura en abaissant les mains simultanément de part et d'autre de votre corps. Vous ressentirez alors une légère pression, comme si le contour externe de l'aura se solidifiait.

Baissez-vous comme si vous dessiniez une ellipse autour de votre corps avec un crayon invisible, tout en continuant de suivre les contours de votre aura. Arrêtez-vous devant vos pieds.

Pour terminer, secouez vos doigts tout autour de votre tête et de vos épaules, toujours au niveau du contour externe de l'aura, sur lequel vous verrez ou sentirez probablement des étincelles ou des étoiles argentées.

Une lumière argentée douce va alors affluer dans votre aura, tout autour de votre corps (devant et derrière, de la tête aux orteils).

Enfin, tendez les bras et baissez-les de chaque côté de votre corps puis sur le devant, comme si vous brossiez votre aura pour éliminer tout excès d'énergie.

Ramenez ces énergies invisibles au niveau du sol.

Placez ensuite brièvement vos mains au-dessus de la flamme d'une bougie (pas trop près !) ou à la lumière du soleil pour les purifier. Vous pouvez effectuer ce brossage de l'aura à n'importe quel moment de la journée si une personne vous a mis mal à l'aise en s'approchant trop près de votre champ énergétique.

Vous pouvez alors balayer les énergies indésirables vers le sol, ou les rouler en une boule imaginaire que vous laissez tomber par la fenêtre ou jetez à la poubelle. Cette technique permet de se débarrasser symboliquement des énergies importunes qui pénètrent dans votre espace personnel.

Sceller l'aura de votre animal

Après avoir soigné, purifié ou renforcé l'aura de votre animal, placez-vous devant lui (debout, assis ou à genoux).

Placez vos mains au-dessus d'une plante verte ou de fleurs jaunes en pot pendant une minute ou deux, paumes vers l'intérieur et doigts entrelacés, jusqu'à ce que vous sentiez un fourmillement dans vos doigts.

Levez les mains face à face, approchez-les l'une de l'autre puis éloignez-les de 2 à 5 cm et rapprochez-les à nouveau jusqu'à ce que vous sentiez l'énergie qui s'accumule entre elles, en visualisant cette fois la lumière vert profond ou dorée de la nature qui afflue vers la pointe de vos doigts.

Lorsque vos mains se frôlent, tournez-les droit devant vous, les doigts pointés vers votre animal.

Visualisez la lumière verte et dorée qui circule de vos mains vers votre animal et se répand dans les trois ou quatre couches de son champ énergétique, pour sceller et protéger son aura grâce au pouvoir de l'amour.

UN BOUCLIER AURIQUE POUR LA PROTECTION PHYSIQUE, ÉMOTIONNELLE ET SPIRITUELLE

En règle générale, une aura scellée est une aura en sécurité. Mais si vous êtes soumis à beaucoup de stress d'origine externe ou si vous vous sentez attaqué psychiquement ou psychologiquement, un « bouclier d'or » peut repousser le mal, d'où qu'il vienne et quelle que soit sa forme, et vous permettre de vous sentir en confiance et prêt(e) à tout.

Une fois créé, ce bouclier aurique ou énergétique peut être activé instantanément, à tout moment, où que vous vous trouviez.

Si vous croisez une personne extrêmement négative ou aux préjugés tellement ancrés que vous avez la sensation de vous taper la tête contre un mur aurique lorsque vous tentez de modifier son humeur ou sa personnalité, il est nécessaire de protéger votre propre aura.

CRÉER SON BOUCLIER ÉNERGÉTIQUE DORÉ POUR L'ESPRIT

Le bouclier énergétique n'a besoin d'être renouvelé que tous les trois mois, sauf si vous avez subi une attaque importante. Dans ce cas, recréez-le chaque semaine ou chaque mois jusqu'à ce que le danger ou la malveillance aient disparu.

Créer un bouclier aurique doré pour se protéger

Le plexus solaire, situé à peu près au milieu du haut du ventre, à la base de la cage thoracique, énergise la troisième couche de l'aura, la couche mentale. C'est la source d'énergie essentielle du bouclier aurique doré et de votre soleil intérieur, qui peut vous protéger contre tous les dangers.

Placez la paume de votre main au milieu de votre ventre. Vous devriez avoir la sensation de toucher l'eau d'un bain qui se vide lentement.

Lorsque vous ressentez des picotements dans la main, retirez-la.

Connectez-vous ensuite physiquement avec la couleur dorée : tenez une boucle d'oreille ou une bague en or dans votre main ou regardez un objet doré, par exemple un plat doré rempli de fruits jaunes, un cristal doré (ambre ou chalcopyrite), une feuille d'or ou une bougie dorée allumée.

Fermez les yeux et visualisez tout cet or qui pénètre dans votre corps par tous les pores de votre peau.

Ouvrez les yeux, regardez la source dorée, puis fermez-les jusqu'à ce que vous ne *voyiez* rien d'autre que du doré dans votre esprit et que vous *sentiez* qu'un liquide doré chaud circule dans votre corps.

Ouvrez à nouveau les yeux pour vous connecter à la source dorée et visualisez une lumière dorée descendant dans votre corps depuis le sommet de votre crâne. Il s'agit de la « lumière de l'archange Michaël ».

En même temps, visualisez des rayons dorés intenses qui s'élèvent depuis la Terre mère, source de l'or physique, et pénètrent en vous par les pieds et tourbillonnent au niveau de votre plexus solaire pour illuminer votre soleil intérieur.

Asseyez-vous, observez la source dorée et laissez la lumière dorée pénétrer en vous et se diffuser autour de votre aura.

Lorsque vous vous sentez briller de l'intérieur, dites trois fois «*Je suis de l'or pur*».

Nous allons maintenant utiliser cet or intérieur pour créer un bouclier défensif autour de votre aura, qui irradiera vers le cosmos.

Asseyez-vous et placez vos mains l'une face à l'autre, à la verticale, de manière à ce qu'elles se frôlent. Séparez-les rapidement.

Vous l'avez déjà fait précédemment, mais cette fois vous allez passer au niveau supérieur de la manipulation des énergies. Continuez à les éloigner puis les rapprocher, de plus en plus lentement, sans qu'elles se touchent, jusqu'à ce que vous puissiez *voir* et *sentir* l'énergie dorée sous forme d'une boule de lumière étincelante qui se forme autour de vos mains.

Façonnez une boule d'énergie avec cette substance invisible, collante et dorée, comme si vous faisiez rouler une boule d'argile très collante entre vos mains, de la taille d'une balle de tennis ou d'un petit ballon.

Une fois que la boule invisible est bien ronde et ferme, placez-la contre votre plexus solaire. Vous allez *voir* et/ou *sentir* que l'or de votre soleil intérieur commence à la remplir.

Fermez les yeux et imaginez que vous la faites tourner entre vos mains, jusqu'à ce que vous sentiez qu'elle est dorée et éclatante.

Créer le bouclier doré

Toujours en tenant cette boule d'énergie, asseyez-vous genoux serrés, levez les bras au-dessus de votre tête en formant une arche, de façon à ce que la boule d'énergie soit à distance d'un bras du sommet de votre crâne.

Enfoncez les doigts dans les énergies auriques de votre boule dorée jusqu'à ce qu'elle éclate et que la substance dorée qu'elle renferme coule en cascade sur vous et autour de vous, en vous enveloppant totalement sur une épaisseur équivalente à la longueur d'un bras, mais reste suffisamment transparente pour que vous voyiez au travers. Vous aurez la sensation de vous baigner dans une eau dorée chaude et scintillante.

Vous *verrez* et/ou *sentirez* progressivement que cette sphère protectrice durcit, devient dorée et iridescente et se recouvre d'un rebord nacré. Seules les pensées d'amour des autres peuvent y pénétrer. Elle repousse toutes les sensations négatives, d'où qu'elles viennent.

Achevez le scellage en frappant dans vos mains au-dessus de votre tête.

Le bouclier doré qui entoure votre aura va s'estomper, mais vous savez qu'il est présent en arrière-plan et attend que vous l'activiez.

Activer votre bouclier doré en cas de menace

Dès que vous avez besoin de votre bouclier doré, dites dans votre tête « je demande à mon bouclier doré de me protéger contre tous les dangers ».

Si vous le souhaitez, demandez à l'archange Michaël de renforcer votre bouclier contre les attaques les plus violentes.

Rétracter votre aura

Lorsque vous souhaitez passer inaperçu(e) pour éviter une confrontation ou un danger, vous pouvez avoir envie de rétracter votre aura. Quand une personne est très fatiguée ou malade, son aura se contracte naturellement et ne s'étend plus que sur quelques centimètres au-delà de son corps. Avec la pratique, il est possible de rétracter son aura pour des périodes de temps assez courtes, afin qu'elle rentre entièrement dans le corps. C'est une technique très utile lorsque vous souhaitez ou avez besoin de ne pas vous faire remarquer.

Faites taire vos pensées afin que votre aura ne soit pas alimentée par la peur ou l'anxiété, comme si vous mettiez une voiture au point mort.

Si vous vous trouvez dans un endroit sombre, respirez l'obscurité paisible par le nez. En inspirant, contractez et tendez vos muscles pour sentir que votre aura se rapproche de votre peau.

En expirant, relâchez vos doutes et vos craintes sous forme d'une lumière rouge vif et détendez vos muscles.

Poursuivez ainsi de manière à ce que votre aura se rétracte petit à petit. Vous devriez sentir un léger tiraillement lorsque votre aura sera au même niveau que votre peau, un peu comme un parapluie qui se replie ou une tente qui rentre dans son sac de protection.

Respirez paisiblement, lentement et profondément jusqu'à ce que le danger ou la peur se soient dissipés.

Lorsque vous êtes à nouveau en sécurité, étirez-vous et secouez les doigts pour réactiver votre champ énergétique normal.

Créer une aura de grisaille

Plutôt que de rétracter votre aura, vous pouvez aussi la recouvrir d'une brume grise lorsque vous vous trouvez dans une position vulnérable ou n'avez pas envie d'être dérangé(e).

La grisaille masque les signaux que l'aura émet habituellement lorsque nous sommes anxieux ou que nous avons peur.

Bien qu'il soit possible de créer ce bouclier en avance, vous pourriez avoir besoin de recommencer ce processus très apaisant dans votre esprit lorsque vous vous sentez menacé(e).

Faites-le de préférence le soir, à la tombée du jour, ou par temps couvert. Allumez une bougie grise.

Asseyez-vous confortablement et fermez les yeux. Visualisez la flamme de la bougie sur votre écran psychique intérieur, comme si vous aviez les yeux ouverts et la regardiez directement.

Respirez calmement, régulièrement et profondément et, à l'expiration, évacuez tous vos sentiments de panique, vos doutes et vos craintes.

Sur votre écran intérieur, imaginez que les sept couleurs de votre aura tourbillonnent autour de votre tête et de votre corps, pénètrent dans la flamme et en ressortent sous forme d'une brume grise, masquant progressivement la bougie. Le bouclier prendra cette fois la forme d'une grisaille brumeuse plutôt que d'une sphère fermée comme le bouclier doré.

Lorsque vous ne parvenez plus à distinguer la flamme de la bougie à travers la brume, ouvrez les yeux et soufflez sur la bougie réelle pour l'éteindre. Que vous distinguiez ou non la brume n'a pas d'importance.

Pour faire revenir la lumière de votre aura, allumez une ou deux bougies blanches.

En cas de menace, dites à voix haute, si vous êtes seul(e), ou dans votre tête « je porte la cape d'invisibilité grâce à laquelle je passe inaperçu(e) ».

Vous pouvez recréer cette aura grise chaque mois ou dès que vous en ressentez le besoin.

Une fois le danger passé, visualisez la brume qui se dissipe et votre aura qui se déploie à nouveau et redevient brillante.

RITUEL DE L'ARC-EN-CIEL

Voici un rituel qui vous permettra de synthétiser toutes les énergies de votre aura et de la remplir de couleur et de lumière. Prenez sept petites bougies (rouge, orange, jaune, vert, bleu, indigo et violet) et disposez-les en cercle, dans cet ordre.

Asseyez-vous face aux bougies.

Allumez la bougie rouge en disant : « le rouge de la force et du courage. Mon aura est ainsi remplie de joie et d'harmonie. »

Allumez la bougie orange en disant : « l'orange de la confiance. Mon aura est ainsi remplie de joie et d'harmonie. »

Allumez la bougie jaune en disant : « le jaune de la puissance. Mon aura est ainsi remplie de joie et d'harmonie. »

Allumez la bougie verte en disant : « le vert de l'amour. Mon aura est ainsi remplie de joie et d'harmonie. »

Allumez la bougie bleue en disant : « le bleu de l'abondance. Mon aura est ainsi remplie de joie et d'harmonie. »

Allumez la bougie indigo en disant : « l'indigo de la sagesse. Mon aura est ainsi remplie de joie et d'harmonie. »

Allumez la bougie violette en disant : « le violet de la synthèse. Mon aura est ainsi remplie de joie et d'harmonie. »

Lorsque vous vous sentez prêt(e), soufflez sur chaque bougie pour l'éteindre, dans l'ordre inverse, en disant à chaque fois : « Mon aura est maintenant remplie de la joie de l'arc-en-ciel ».

À PROPOS DE L'AUTEUR

CASSANDRA EASON est une autrice et présentatrice à la renommée internationale, spécialiste des questions relatives aux cristaux, au folklore, à la sagesse celtique, à la wicca, aux sites sacrés, aux énergies terrestres, à la divination et à la magie de la nature. Elle étudie les interactions des auras depuis plus de vingt-cinq ans. Elle a écrit plusieurs livres et animé des cours sur les auras. Elle enseigne à travers le monde les méthodes pour les interpréter et les soigner. Elle utilise la lecture des auras dans le cadre de ses consultations avec ses clients. Cassandra a publié plus de quatre-vingts livres sur différentes questions touchant à la guérison, à la magie, à la divination et au travail énergétique, notamment *Les petits livres d'ésotérisme : Introduction aux cristaux*.

INDEX

Remarques : les numéros de pages indiqués entre parenthèses renvoient à des références multiples au terme sur plusieurs pages

A
Anaël, 8
Animaux, auras des, 85–95
aura de l'âme, 87-88
aura de l'espèce, 86–93
aura de l'humeur, 87–94
aura de la personnalité, 87–93
couleurs de, 88–94
cristaux pour la santé de, 94–95
identification des couches de, 85–86
observer, 86
sceller, 99
Arc-en-ciel, aura, créer, 62–64
Arc-en-ciel, rituel de, 105
Archanges, associations de couleurs, 5-10, 12-13, 16-18, 20-24
Ariel, 21

B
Bouclier aurique doré, 100–103

C
Camaël, 5
Cassiel, 10, 22, 24
Chakras
cœur, 4, 8, 19, 20, 21, 44, 52, 88
couleurs associées, 4-8, 10-13
couronne/prédominant, 4, 12, 13, 18, 43, 54, 55
gorge, 4, 9, 19, 53, 65
plexus solaire 4, 7, 23, 52, 85, 87, 100, 101, 102
racine ou de la base, 4, 5, 22, 23, 25, 50, 51, 85, 87
sacré, 4, 6, 20, 51, 52, 85, 87
schéma, 4
sourcil ou troisième œil, 4,11, 18, 53, 65, 81
Clairconnaissance, viii, xiii, 30
Clairvoyance, viii, xii, 3, 10, 54, 91
Corps causal, 54
Corps céleste, 53
Couche astrale, 52-53
Couche émotionnelle, 51-52
Couche éthérique, 50–51
Couches de l'aura
corps céleste, 53
couche astrale, 52-53
couche émotionnelle, 51-52
couche éthérique, 50–51
couche mentale, 52
et leurs qualités, 50–54
évaluer par le pouvoir du toucher, 54–56
identifier les, 50–54
modèle éthérique, 53
modèle kéthérique/corps causal, 54
prendre note des, 56
schéma des, 51
Couleurs
absorber directement, 80–81
antidotes, pour les auras, 69–71
lors d'événements, sources de, 78–79
Couleurs des auras, 1–25
à propos : présentation de l'interprétation, 1–2
autres couleurs des couches de l'aura, 20–25
de la plus proche à la plus éloignée du corps, 103
des auras supérieures, 12–13, 15–20
enfants et, 2–3
interprétation des auras et, 27–28
sept couleurs principales et qualités/associations, 4–13
variations temporaires des, 28–29
Couleurs spécifiques (qualités/associations, et en italiques, pour les animaux)

argenté, 19–20
blanc, 12–13
bleu, 9–10, *90–91*
doré, 15–16
gris, 22–23, *93*
indigo, 10–11
jaune, 7, *89–90*
magenta, 17–18
marron, 21–22, *92–93*
noir, 24–25, *93–94*
orange, 6, *89*
rose, 20–21, *92*
rouge, 5, *88*
turquoise, 18–19
vert, 8, *90*
violet, 11–12, *91–92*
Cristaux et pierres semi-précieuses
cristaux antidote, 70
eaux de cristaux, 79–80
pour l'harmonie de l'aura, 77–78, 79–80
pour la santé de l'aura des animaux, 94–95
pour la santé de l'aura, 64-65, 70, 77
pour renforcer l'aura, (5-9), (10-13), 16, (18–23), 25

E

Eau, pour la santé de l'aura, 64
Eaux de cristaux, 79–80
Énergies de l'aura
force vitale pure et, x, 70
Énergiser l'aura, 58-59
Enfant
couleurs d'auras et, 2-3
doré dans l'aura d'un, 16
hyperactif ou souffrant de TDAH/autisme, 27
qui voit les auras, 2

F

Force vitale, pure, x, 70

G

Gabriel, 6, 13, 20, 62
Grisaille, créer une aura de, 104–105

H

Humeur, aura de, 27–37
avantages de la lecture de, 27–28
combiner l'analyse de la personnalité et, 46–47
contrôler sa propre, 31–32
identifier/voir, 29–32
observer et prendre note de, 32–36
variations temporaires de la couleur de, 27–28

K

Kéthérique, modèle, 54

L

Lecture des auras
avantages de, 27–28, 39
combiner lecture de l'aura de la personnalité et de l'humeur,46–47
observer et prendre note de, 32–36
pratique continue, 47

M

Maison et lieu de travail, 73–83
absorber directement la couleur, 80–81
aura collective de, 76–77, 79, 81, 82
aura sur le lieu de travail, 81–82
étudier les interactions des auras, 73-74
organiser des rassemblements joyeux, 76–80
refléter les auras, 82–83
capter les interactions des auras, 74
sources de couleurs pour, 78–79
travailler avec les auras de, 74–76
Mentale, couche, 52
Metatron, 17, 18
Michaël, 13, 16, 103
Modèle éthérique, 53
Modèle kéthérique, 54

N

Nettoyer, soigner, énergiser les auras, 49–59
aura des animaux, 94–95
énergiser, 58-59
introduction, 49

pendule en cristal pour, 57–59
purifier et énergiser, 57–58, 59

P

Parfums
associations de couleurs et, (5–9), (11–13), (16-17), 19, 21-23
pour des rassemblements heureux, 78
pour la santé des auras, 65–66, 70-71
Pendule, cristal, 57–59
Personnalité, aura de la, 39–47
associer analyse de l'aura de l'humeur et, 46–47
avantages de la lecture de, 39, 40–41
étudier en détail, 41–43
identifier les aspects dont vous avez besoin, 40
importance de la compréhension de, 40–41
lecture de, en continu, 47
modifications de, 39
observer et prendre note de, 42–43
psychoscopie (toucher psychique) pour la lecture de, 44–45
techniques pour voir, 41-42
Pollution, la chasser de l'aura, 66–67
Prise de note
évaluation des couches de l'aura, 56–57
sur l'aura de l'humeur, 32–36
sur l'aura de la personnalité, 42–43
Protéger les auras, 97–106
bouclier énergétique psychique, 100–103
bouclier aurique doré, 100–102
créer une aura grise, 104
des animaux, 99
rétracter l'aura, 103
rituel de l'arc-en-ciel, 105
sceller l'aura par la lumière, 97–99
Psychoscopie
évaluer les sept couches de l'aura grâce à, 54–56
lire les auras grâce à, 44–45

R

Raphaël, 7, 62
Rassemblement joyeux, organiser un, 76–80
Raziel, 23
Refléter les auras, 82–83
Rétracter l'aura, 103
Respiration
créer une aura de grisaille, 104-105
des couleurs 68, 70-71, 80-81, 83, 95
expirer les doutes et les craintes, 104
pour dépolluer, 66-67

S

Sachiel, 9
Santé des auras, renforcer/conserver, 61–71
aura arc-en-ciel, 62–64
conserver une aura éclatante et saine, 64–67
couleurs à utiliser et antidotes, 67–71
cristaux et, 64-65
dépolluer, 66–67
eaux de cristaux, 64
introduction, 61
parfums pour, 65–66
pour les animaux, 94–95
remplir de lumière, de puissance et d'harmonie, 61–64
respiration des couleurs et, 68, 70–71, 80–81, 83, 95
Sentir les auras
psychoscopie et, 44–45, 54–56

V

Voir les auras
aura de l'humeur, 29–32
aura de la personnalité, 40, 41-42
clairvoyance et, 3, 10
enfants et 2

Z

Zadkiel, 12

Composition et mise en pages : Maogani

ISBN : 978-2-501-15696-7

7794382

Imprimé en Espagne par Unigraf

pour le compte des Éditions Hachette Livre (Marabout),

58, rue Jean-Bleuzen, 92178 Vanves CEDEX.

Dépôt légal : octobre 2021

PAPIER À BASE DE FIBRES CERTIFIÉES

MARABOUT
s'engage pour l'environnement
en réduisant l'empreinte carbone
de ses livres.
Celle de cet exemplaire est de :
600 g éq. CO_2
Rendez-vous sur
www.marabout-durable.fr